江戸美人捕物帳

入舟長屋のおみわ

山 本 巧 次

幻冬舎時代小説文庫

江戸美人捕物帳　入舟長屋のおみわ

一

雨戸の隙間から、朝の光が縁側に差し込んでいる。もうしばらくすると、六ツ半（午前七時）だろう。布団から起き出したお美羽《みわ》は、雨戸を細目に開けて外を覗いた。夜が明けたばかりの、真っ青な空が見える。昨日までの雨は、遠くに去ったようだ。

身支度をし、雨戸を開けて台所に立ったお美羽は、米をといで竈に火を起こすと、襖の向こうに声をかけた。

「お父っつぁん、起きてる？」

呻くようなくぐもった声が「今起きる」と言うのが聞こえた。ほどなく襖が開き、お美羽の父、欽兵衛《きんべえ》が欠伸《あくび》をしながら顔を出した。

「おはよう。今日は昨日と違っていい天気だなあ」

　欽兵衛は、今年四十四になる。いかにも人の好さそうなおっとりした様子で、お美羽に笑いかけた。

「長屋の職人連中も、昨日の分まで稼げそうだね」

「長屋の人たちの仕事より、こっちの仕事の心配をしてよ。昨日の雨で、また雨漏りが出てるかもしれないし、北側の塀の下の水溜りだって、すぐ始末しとかないと」

　火にかけた鍋の味噌汁の具合を見ながら、お美羽は忙《せわ》しなく言った。

「うちの長屋は古いんだもの、ちょっと雨が続くとあちこち傷んじゃうのよ」

　わかったわかった、ちゃんと見ておくよ、と言って、欽兵衛は着替えをしに引っ込んだ。いつだって吞気なんだから、とお美羽は苦笑する。

　欽兵衛は、江戸の深川《ふかがわ》、北森下町《きたもりしたちょう》にあるこの長屋の大家だった。ここには、入舟《いりふね》長屋という名前が付いている。ずいぶん昔、この辺りにごく短い掘割が切り込んでいて、材木屋か何かが舟を入れて、荷運びの役に立てていたらしい。その店が潰れた後、使わなくなった堀を埋めて、長屋が建ったのだが、それはもうお美羽が生まれるだいぶ前の話だ。

　欽兵衛とお美羽は、向き合って炊きたてのご飯と味噌汁と漬物の朝餉《あさげ》を済ませた。お美羽たちが住むのは長屋の表側にある四間ほどの家で、母は五年前に亡くなり、二つ下の妹、お美代《みよ》が去年嫁に行ったため、父娘二人の暮らしである。

「うん、今朝の味噌汁はいいねえ」

　刻んだ大根の葉が入った汁を啜り、欽兵衛がほうっと息を吐いた。

「昨日とおんなじだけど」

　お美羽は愛想なく言ったが、欽兵衛は大概のものをいかにも美味しそうに食べる。味わうのがゆっくりなので、せっかちなお美羽がお椀を空にしても、まだ半分ほどしか食べ終えていなかった。

「そんなに急いで食べなさんな」

「そう言ったって、やることはいっぱいあるのよ」

　大家の仕事は忙しい。店賃《たなちん》の取り立てはもとより、長屋の住人への目配り、建物の修繕、肥の始末から、仲人や身元の引き受けなど、多岐にわたる。町の世話役であると同時に、家主に雇われている立場なので、そちらへの報告も欠かせない。

欽兵衛は見かけの通り人が好く、誰からも好かれるのだが、大家としては少々人が好すぎるきらいがあった。溜まった店賃を取りに行っても、簡単に言いくるめられてしまう。動きもゆっくりなので、仕事はなかなかはかどらない。気が強く、何事もてきぱきとしているお美羽からすれば、歯痒くて仕方がない。見かねてお美羽が手伝ううち、今では娘と父親のどっちが大家なのか、わからなくなっていた。

「じゃ、お父っつぁん、長屋をひと回りしてきますね」

朝餉の後片付けをし、昼餉の下ごしらえをして家の中をざっと掃除すると、お美羽は縁側から外へ出た。もうそろそろ、五ツ半（午前九時）である。「ああ、よろしくね」と応じた欽兵衛は、この間に厠へ行くぐらいしか動いていない。相も変わらずである。

入舟長屋は、江戸中のどこにでもある九尺二間《くしやくにけん》の棟割《むねわり》長屋だった。二棟で二十四軒である。表通りからお美羽の家の脇にある木戸を入ると、井戸と惣後架《そうこうか》（共同便所）があり、その奥に二棟が並ぶ。お美羽が入っていくと、井戸端で洗濯をしていたおかみさんたちが顔を上げ、挨拶した。亭主の職人たちは、とうに仕事に出かけている。

「お美羽さん。菊造《きくぞう》さん、帰ってるよ」

おかみさんの一人が、手前の棟の三軒目を指差して言った。

「え、そうなの。ありがとう」

おかみさんたちが顔を見合わせ、くすっと笑った。菊造は怠け者で、店賃を四月《よつき》分も溜めていた。遊び歩いていることが多く、なかなか摑まえられないのだが、家にいるなら逃がすわけにはいかない。お美羽はすぐさま菊造の家に行った。

「ちょっと菊造さん、いるんでしょ。寝たふりしたって駄目ですよ。ほら、さっさと顔を見せなさいって」

ばんばんと障子を叩きまくる音が長屋じゅうに響く。おかみさんたちは洗濯の手を止め、こちらを向いてニヤニヤしている。また始まったよ、という声が、誰かの口から漏れる。

「菊造さん、観念して出ておいでなさいな。早く」

おかみさんたちに構わず、お美羽はさらに障子を叩いた。今日こそ店賃をもらわないと、示しがつかない。全額でなくてもいいから、とにかく幾らかは出させねば。

菊造は気配を消しているのか、本当に寝入ったままなのか、中からは物音一つしない。それでも、いるのは間違いないはずだ。

埒《らち》が明かない、と思ったお美羽は、叩くのをやめて一歩下がった。それから大きく息を吸い込むと、仁王立ちになって怒鳴った。

「こら菊造ーッ！　いい加減で出てこないと、障子を吹っ飛ばして押し込むぞッ」

聞いていたおかみさんたちが、笑い声を上げた。年頃の娘がそんな乱暴な口をきくというだけでなく、実際にやりかねないことを承知しているからだ。

「入舟長屋の大家さんの娘は、なかなかの美人で大層しっかり者なんだが」

世間ではお美羽のことを、そんな風に言っていた。それは欽兵衛やお美羽の耳にも入っている。美人、と言われるのはお美羽としても嬉しいし、しっかり者と噂されるのも悪くはない。しかし「が」の後に含まれる意がよろしくなかった。つまりは、しっかり者過ぎる、ということなのだ。二十一になってまだ独り身なのは、そのせいだろう。お美代は姉より先に嫁に行くことを大層気にしていたが、こればかりは縁なのでどうしようもない。

お美羽は怒鳴ってからまた息を吸い込み、一歩前に出た。障子に蹴りを入れようとしたまさにそのとき、がたがたっと音がして障子が半分開いた。

「や、やあお美羽ちゃん。おはよう。朝から威勢がいいなあ」

ぼそぼそ言いながら、無精髭が目立つ顔を出した菊造は、三十になる左官職人だ。一年前に女房が愛想をつかして出て行き、今は一人暮らしである。

「何が威勢がいい、よ。今日こそ、四月《よつき》溜めた店賃、払ってもらうからね」

「おいおい、どうして今日なんだよ。店賃は毎月二十日だろ」

「あんた、ろくすっぽ家にいないじゃない。いるときに摑まえて、払ってもらわなきゃ」

「いや、家にいないのは仕事があるからで……」

「へえ、そう。そんなに仕事があるなら、手間賃もたっぷり稼いでるよね。はい、払って」

お美羽が手を突き出すと、菊造は渋い顔をした。

「いや、近頃は手間賃も安くってさ。稼ぎを貧乏が追い越しちまって」

「何言ってんの。昨夜《ゆうべ》、林町《はやしちょう》の居酒屋で看板まで飲んでたでしょ。二百文は使ったんじゃないの」

「えっ、そんなことまで聞いてるのか」

やれやれ、次はもっと遠くの店に行かなきゃ、などと呟く菊造に、お美羽はさらに畳みかける。

「飲み代に一晩二百文かけて、月々五百文の店賃が払えないって、どういうことよ。四月分でちょうど二分、利子はまけとくから、カタぁ付けてもらおうじゃない」

「まあまあ、お美羽ちゃん、そんなに眉を逆立てて。せっかくの美人が台無しだ」

菊造は渋面から愛想笑いに切り換えた。お美羽の矛先は、そんなことで鈍らない。却《かえ》って睨みつけられ、菊造は頭を掻いた。

「いや、済まねえ。仕事が忙しいってのは嘘だ。このところ、あぶれちまってよ。本当に金に詰まってるんだ」

「五ツ半になったのに家で寝てるんだから、仕事にあぶれてることぐらいわかる。なのに飲む金はあるんでしょ。だったら、店賃に回すお金もあって当たり前」

有無を言わせない口調で迫ると、菊造は哀れっぽい声を出した。

「済まねえ。仕事ができねえ鬱憤、酒で紛らすしかなかったんだ。ほんとに、切羽詰まっちまって、このままじゃ大川《おおかわ》に身を投げるか、首でも括るか……」

「あのねえ。お父っつぁんなら幾らか誤魔化せるかもしれないけど、そうはいかないよ。一文も払えないってんなら、障子を持ってくから」

お美羽は言うなり障子に両手をかけた。菊造が慌てて止める。

「おいおい、何するんだ。これから秋になるってのに」

「払わなきゃ、素通しのまま寝てもらうからね」

「そんな……くそっ、わかったよ」

菊造は一度引っ込み、苦虫を噛み潰したような顔で戻ると、薄汚れた財布を差し出した。

「三百文入ってる。これ以上は勘弁してくれ」

ふん、と鼻を鳴らし、お美羽は財布を受け取って中を改めた。

「じゃあ、今日のところはこれで収めましょう。あと一分と七百文、今月の二十日にね」

お美羽は口元だけで笑うと、さっと踵《きびす》を返した。後ろで菊造が、畜生、鬼娘め、と悪態をつくのが聞こえた。

一部始終を見ていたおかみさんたちの笑い声を背に、お美羽は家に戻った。

表の戸口を入って三和土《たたき》を見ると、父のものではない草履が一足。朝から来客のようだ。

「お父っつぁん、ただいま」

一度声をかけてから、畳に上がる。奥から「ああ、お帰り」と声が聞こえた。

「幸右衛門《こうえもん》さんがお越しだよ」

幸右衛門は、この界隈の町名主だ。何の用向きだろう。

奥の座敷に行くと、父と幸右衛門が対座していた。

「おはようございます」

敷居の手前で手をつき、挨拶すると、幸右衛門が「やあ、おはよう。早くからお父っつぁんの手伝いかな」と言って目を細めた。

「はい、ちょっと店賃のことで」

答えてから幸右衛門の顔を見て、おや、と思った。どことなく、決まり悪そうな表情が見て取れる。何か良くない話でもあったのだろうか。

「長屋から声が聞こえたが、菊造のところだったのかね」

　欽兵衛が問うたので、頷いた。

「菊造さん、摑まえてきましたよ」

「ほう、摑まえた？」

「はい。少しですけど、いただいてきました」

　ひと月分に満たない三百文とはいえ、取り敢えず店賃を入れさせたのだ。お美羽としては、まず成功と思っている。だが、欽兵衛は困ったような顔をした。

「よく払えたな。お前、またずいぶんと脅かしたりしてないだろうね」

「えっ、脅かすだなんて、そんな」

　図星だったので、慌てて手を振った。ちらりと幸右衛門を見ると、苦笑らしきものが浮かんでいる。やれやれ。

　欽兵衛は、お美羽が差し出した菊造の財布を改めながら、苦言を呈した。

「店賃を集めてくれるのはいいが、力ずくというのは感心しないな。まして、若い娘が」

「力ずくなどと、とんでもないことです。私のような、ただの町家のか弱き女が」

言いながら、幸右衛門の様子を窺う。お父っつぁんも、町名主様の前で何を言ってくれるのだ。

「手弱女《たおやめ》ぶるのはよしなさい。お前、去年の川開きには、しつこく絡んできた若い男を川に放り込んだろう。この春には富五郎《とみごろう》の店賃の催促に行って、障子を蹴飛ばして真っ二つにした。三月前は、材木を振り回して……」

「もう、やめて下さい！」

お美羽はさすがに堪らなくなって、叫んだ。

「幸右衛門さんの前で、どうしてそんな話を……」

「どうしても何も、今日のお話はお前に関わることだからだ」

私に？　お美羽は驚いて幸右衛門に向き直った。

「どういうことでございましょう」

「いや、それが何と言うか……」

幸右衛門は、五十を過ぎて皺が増えてきた顔に、うっすら汗を浮かべた。どうにも言いにくそうだ。代わって、欽兵衛が言った。

「お前には言ってなかったが、縁談があったんだ。幸右衛門さんが仲立ちをして下さるはずだったんだが」

幸右衛門さんを通じて、縁談ですって。目を丸くすると、欽兵衛は嘆息した。

「相手は、日本橋《にほんばし》通りの本屋の跡取りだ。さほど大きな店ではないが、ちょうど釣合いも良かろうと、幸右衛門さんも喜んでくれていた」

「あの、もしかしてそのお話は……」

お美羽がおずおずと尋ねると、欽兵衛は眉間に皺を寄せて頷いた。

「先方から断ってきた。もともと向こうが縁日か何かでお前を見て、一目惚れしたらしいんだが、後でいろいろお前の噂を聞き込んで、引いてしまったようだ」

「あー、やっぱり」

思わず口にすると、幸右衛門が済まなそうにこちらを見た。

「お美羽さんは綺麗だし気立てもいい、良いご縁ですと先方には伝えていたんだが、どうも誤解されたようで」

今度はお美羽が嘆息した。

自分についてのあらぬ噂は、幾つも耳にしている。飛び切りいい女だが、浮気でもしたら簀《す》巻《ま》きにされて大川に放り込まれるだの、無理やり言い寄った男の腕をへし折っただの、剣術を習わせたら間違いなく女武蔵《むさし》になるだの、しっかり者過ぎるどころか、虚実取り混ぜて無茶苦茶になっている。前後の事情も知らず、噂だけ聞いたら確かに怖がられてしまうだろう。

お美羽にも言い分はある。川へ放り込んだという男は、川べりでしつこく袖まで引いてくるから、思い切り振り払ったところ、勢いで足をもつれさせて自分で落ちた。富五郎のところの障子は、数日前に酔っ払った富五郎が倒れてぶつかり、壊れかけていたのを知らずに蹴ったら、ああなった。材木云々のときは、悪餓鬼たちが小さい子を苛めていたのを咎めたら、こっちを舐めきって逆に取り囲んできた。それで身を守るために棒を摑んだつもりが、その棒が意外に大きく、体勢を崩して振り回したような格好になってしまったのだ。しかし、言い訳しても始まらない。

「だいたい年頃の娘が、花を活けたり琴を弾いたりするでもなく、家賃の取り立てに回るなんて、他人様《ひとさま》が聞けば誰だって眉を顰《ひそ》めるだろう」

欽兵衛は、幸右衛門の顔色を気にするように言った。お美羽は面白くない。

「うちって、お琴を習うような大層な家でしたっけ」

「ほら、またそれだ。大店《おおだな》のお嬢さんのようにとは言わんが、少しは娘らしいこともしなさい」

「書は習ってるじゃないの」

「だから、それだけじゃなくて……」

「はは、いやいや欽兵衛さん、息子であれ娘であれ、元気で健やかなのが一番。今回はたまたまご縁がなかったということで、この幸右衛門が先走りました。申し訳ない」

幸右衛門が笑いながら頭を下げるのを、とんでもない、お詫びするのはこちらですと欽兵衛が慌てて制し、父娘でもって丁重に送り出した。

「やれやれ、これで何件目かな」

座敷に戻った欽兵衛は、改めて大きな溜息をついた。

「私の縁談が壊れたのが、ってこと？」

「皆まで言わせるな。さて、どうも困ったもんだ」

「困らなくてもいいでしょう。私がお嫁に行ったら、長屋のことはどうなるの」

「いやまあそれは、手伝ってくれるのは大いに有難いが」

欽兵衛は困り顔を見せた。

「お父っつぁん一人になったら、すぐ情に流されちゃって、店賃が滞ってしまうじゃない。そうなったら、寿々屋《すずや》の旦那さんに申し訳が立たないでしょう」

寿々屋は本所相生町《ほんじょあいおいちょう》にある小間物の大店で、入舟長屋ほか数軒の家主でもあり、欽兵衛の雇い主になる。寿々屋の名前を出された欽兵衛は、うーんと唸った。

「取り立てにしろ何にしろ、杓子定規に厳しくすればいいというものでもない。人にはそれぞれ、事情があるんだ。それを慮《おもんぱか》って、店子一同が暮らしやすいよう、目配り気配りをするのが大家としての務めで……」

「ああ、はいはい、わかりました。店子と言えば子も同然ですから」

欽兵衛は、こういう話になると長い。

「私の性分は変えようがありませんから。旦那様を見つけるなら、性分に合った人を探すしかないし」

「世間様じゃ、そりゃあ逆の話だ。お前の竹を割ったような性分が悪いとは言わんが……」

そこで欽兵衛はしきりに首を振る。いったい誰に似たのか、と。

お美羽の母、お富美《ふみ》は気が優しくておとなしく、欽兵衛とは夫唱婦随で仲が良かった。お美羽の性分は両親とはだいぶ違っており、欽兵衛のぼやきもわかる。だが、お富美の父、つまりお美羽の祖父は、気風の良さで知られた棟梁で、物事に白黒をつけないと収まらない性質《たち》だったという。どうやらお美羽は、その血を受け継いでいるらしい。

お祖父ちゃんの、と言いかけて、お美羽は口をつぐんだ。それを言っても、欽兵衛がさらに困惑するだけだ。

「幸右衛門さんはお前のことを気に入ってなさるから、笑って済ませて下すったが、恥をかかされたと怒る人だっているだろう。少しは控えてくれ」

勝手に縁談を進めておいて、壊れたらこっちのせいにされては迷惑千万だが、それを言うと欽兵衛が気鬱になりそうなので、お美羽は「はいはい、気を付けます」と軽く頭を下げた。

欽兵衛が居間に入って帳面を開き、お美羽が昼餉の支度にかかろうかと台所に立ちかけたとき、裏で声がした。

「大家さん、おられますか。栄吉《えいきち》ですが」

「あ、はあい」

「ああ、いますよ」

欽兵衛とお美羽が、同時に答えた。栄吉は、入舟長屋の店子の一人で、細工物の職人をしている。年は二十六で、女房のお喜代《きよ》と、栄太《えいた》という一つ半ほどの男の子の三人暮らしだ。

まずお美羽が縁側に出た。裏木戸から入った栄吉は、縁先でぺこりと一礼した。

「どうもすいやせん。ちょっとお願いで……」

「お願い、ですか」

ピンと来た。いや、店子が恐縮しながらお願い、と言ってきたときは、七割がた店賃の話だ。お美羽は、目付きを少しばかり険しくした。

「実はその、今月の店賃、少し待ってもらいてえんで」

「二十日までには日があるけど、間に合わないの？」

「そうなんで。来月の月末ぐらいまで、何とか」

「日割でもできるから、取り敢えず払える分だけでも入れといたらどう」

お美羽が言うと、栄吉はもじもじして俯き加減になった。

「いやその、今月はどうも手元がぎりぎりになっちまって。申し訳ねえが、お願いしやす」

ふむ、とお美羽は小首を傾げた。栄吉は真っ正直な男で、菊造などとは違って店賃も毎月、きちんと払ってきている。その栄吉がどうしてもと言うのだから、何かわけがあるのだろう。

「やあ、どうしたんだい、栄吉さん」

欽兵衛が居間から出てきた。顔には穏やかな笑みを浮かべている。

「栄吉さんたら、店賃を来月まで待ってほしいって」

欽兵衛は、ほう、お前さんにしては珍しいなどと言って、お美羽の隣に座った。

栄吉は、済まなそうに頭を掻いている。

「何か急な入り用でもあったのかい」

「いや、入り用ってわけじゃなく、手間賃が入らなくなっちまったんで」

「仕事にあぶれたのかな。忙しそうにしていたのに」

「それがですねえ。注文を受けて納めた品物に、難癖をつけられたんですよ。こいつは注文通りの仕上がりには足りねえ、こんなんじゃ金は払えねえって」

「品物に難癖？」

欽兵衛とお美羽は、顔を見合わせた。栄吉の作るのは、煙草入れや印籠などの小物に飾りを付けたものが主で、簪《かんざし》などもある。職人としての栄吉の腕前は上等で、寿々屋に納めている品はなかなかに評判がいい。お美羽の着けている簪も、栄吉が細工した飾りが付いている。支払いを拒まれるような不出来なものを作るとは、思えないのだが。

「寿々屋さんにそんなことを言われたの」

お美羽が尋ねると、栄吉は慌ててかぶりを振った。

「いやいや、寿々屋さんじゃありやせん。あそこの旦那にゃ、常々良くしてもらってるんで。松葉屋《まつばや》ですよ、神田豊島町《かんだとしまちよう》の」

欽兵衛は「ああ、松葉屋かね」と言って眉をひそめた。

「どんな注文だったんだね」

「へい、煙草入れの根付細工でさ。縁起物の七福神で、木彫りに金箔を入れたもんなんですが、七つを一組にして、気分で日々、取り換えられるって趣向で」

「何だか良さそうね。好事家《こうずか》の旦那衆に売れそうだわ」

品物を想像して、お美羽は気分が浮き立った。でも、松葉屋は気に入らなかったのだろうか。

「正直、出来は悪くねえと自分でも思いやした。ですが、細工が粗いだの、金箔の使い方がけち臭いだの、いちいち文句を言われて。金箔を贅沢に使えば、そりゃあ見栄《みば》えはいいですが、元手をどうしてくれるんだ、って言いてえや」

「それで、払いを渋られたのかい」

「そうなんで。この出来具合じゃ、約束通りの手間賃は払えねえから、持って帰ってんでさ。それが番頭の奴、ずっと安くするなら引き取ってやってもいい、と言わんばかりの顔しやがる。思うに、手間賃を値切るための難癖でしょう」

「で、手間賃を下げたのか」

「いいや。俺だって江戸っ子だ。手前《てめえ》の腕を買い叩かれて、はいそうですかと言えるもんか。気に入らねえなら勝手にしやがれ、って、細工を持って引き上げたんでさ。番頭はびっくりしてやしたがね」

栄吉は、小気味好さそうに笑った。欽兵衛は、いかにもその通りと頷いている。

「てなわけで、店賃に回すはずの手間賃が消えちまったんで」

「なるほど、もっともな話だ。そういうことならしょうがないねえ」

欽兵衛は、人好きのする笑みを浮かべて、得心したように言った。お美羽が慌てて止める。

「お父っつぁん、またそうやってすぐ鵜呑みにして。ねえ栄吉さん」

お美羽は欽兵衛の膝を叩いてから、栄吉に向き直った。

「江戸っ子の意地もいいけど、このまま一文も取れなくて構わないの？　細工の元手もあるし、ただ働きなんて口惜しいじゃない」

「そりゃあそうだが、今さら松葉屋に頭を下げて、割り引くから引き取ってくれなんて言えるかい。向こうの思う壺じゃありやせんか」

「そうは言ってない。他の店に持ってったらどうなの。でなきゃ、知り合いに売るとか」

「いや、さすがに松葉屋の注文で作ったものを、断りなしに他所《よそ》の店に流すってのはまずいでしょう。いや待てよ、買い取りを断られたんだから、欲しいって人に俺が直に売るのはありか。うん、その手はあるな」

やり取りを聞いていた欽兵衛は、はたと膝を打った。

「栄吉さん、その根付の手間賃は、一組幾らの約束だったんだい」

「一個十文で、七十文でさ。松葉屋が店で幾らの値を付けて売る気だったかは、知りやせんがね」

「よし、それじゃあ一組百文で五組、私が買おう。今月の店賃は、それと差し引きにしようじゃないか」

栄吉が、ええっと声を上げた。

「大家さんが、根付を店賃の代わりにしてくれるとおっしゃるんで」

「まあ、平たく言うとそうだな」

欽兵衛は、いいことを考えたものだとばかり、楽しげに言った。お美羽は目をぐるぐる回し、大きく息を吐いた。

「もう、お父っつぁんたら。根付細工を五組も、どうするつもりなの」

「なあに、町役の方々や八丁堀《はっちょうぼり》の旦那方へのご挨拶の手土産にちょうどいい。六間堀《ろっけんぼり》のご隠居なんかも、見たら欲しいって言いそうだ」

「いやあ、助かりやす。大家さん、ありがとうございやす」

栄吉は顔一杯に笑みを広げて、何度も頭を下げた。

はあ、本当に人がいいんだから。お美羽は、仕方ないなと肩を竦めた。だが、松葉屋のやり方には腹が立つ。大店のはずなのに、やることがせせこましい。

「松葉屋って、結構な大店よね。私は行ったことないけど、お父っつぁん、知ってるの」

欽兵衛の表情で、お美羽は曰くつきの店らしいと感じた。欽兵衛が頷く。

「ここ十年ほどで大きくなった店だ。普通の小間物だけでなく、舞扇や螺鈿《らでん》の拵えなど、値の張るものも扱ってる。品揃えがいいのは間違いないが、商人としての評判はどうも良くないようで……」

そこまで喋ってしまってから、欽兵衛はぎくっとしてお美羽を見た。

「そんなこと、娘相手に聞かせる話ではないな。お前、まさか松葉屋に押しかけるつもりじゃあるまいな」

「まあ、押しかけるだなんて、そんな。一度様子を見て、できればお話を伺ってみようかと思っただけです」

お美羽は、上品ぶった言葉つきで甘い声を出した。欽兵衛が顔を顰《しか》める。

「落し前をつけろ、なんて言うんじゃなかろうな」

そんな心配をするのは、実際にそう凄んだことがあるからだ。お美羽は大袈裟に目を丸くしてみせる。

「とんでもない。私のような娘が、胸ぐら摑んで脅したりなんて、するはずがありません」

「自分で言ってどうするんだ」

欽兵衛は呆れて叱ろうとしたが、栄吉がこの様子を見てくすくす笑っているのに気付き、用は済んだからもう行けと追い出した。それから座り直して、お美羽に言った。

「まったく困ったもんだ。おっ母さんが見たら、何と言って嘆くか」

その言葉は、お美羽の胸を刺す。子供の頃から女丈夫ぶりを見せていたお美羽を慈しみ、心配していた母のことを言われると、さすがに心苦しい。

「まあその、小間物屋なんだから、店の様子を覗いてみるくらいはいいが」

肩を落としたお美羽を見て、欽兵衛も居心地が悪くなったらしい。取りなすように言った。お美羽の気分は、ぱっと明るくなった。

「はい、それじゃ早速、行ってきます」

立ち上がろうとするお美羽を、欽兵衛が止めた。

「早速ってお前、昼餉は」

あ、そうか。昼の支度を始めようとしていたところだった。

お美羽はぺろりと舌を出し、台所に向かった。

二

小間物商松葉屋の店は、神田川に沿って賑わう柳原《やなぎはら》通に面し、間口十五間の構えであった。店先を見れば、十五、六人の客が入って、様々な商品の品定めをしていた。どうやら充分に繁盛しているようだ。

主に商うのは、櫛や簪を始めとする女向けの小物なので、客も七割がた女だ。亭主と連れ立った若い女房や、お付きの下女を連れた大店の娘風の他、一人客もいる。女一人で店に入るのはどうかと考えていたお美羽は、この様子を見て取り、安心して暖簾をくぐった。

「いらっしゃいまし」

丁稚《でっち》たちが声をかけ、手代の一人がお美羽の方へ寄った。

「おいでなさいませ。何かお探しでございましょうか」

愛想笑いを顔に張り付けて問う。店先に腰を下ろしたお美羽は、大店のお嬢様の如くゆったりした物腰で、玉を転がすような声を出した。

「はい。櫛を幾つか、見せていただければ」

「かしこまりました。では、こちらをまず」

手代は奥に並んでいる櫛の箱を幾つか出し、お美羽の前に並べた。

「こちらなど、如何《いかが》でございましょう。珊瑚の色合いを出しまして、金箔で細かく紋様を施してございます。このように明るめのものが、お嬢様にはお似合いかと……」

手代は売り口上を述べ、盛んに薦めてくる。よく見ると、いずれも飾り気のないつげ櫛などではないが、漆塗りや螺鈿の高級品でもない。中の上、というところか。お嬢様のふりをしても、このぐらいの品が相応ですよ、と見透かされた気がして、お美羽は、少しばかり興ざめした。丁寧なように見えて、客を見下しているような感じだ。

きっと本物の金持ちには、精一杯おもねるのだろう。この店の連中の中身を、ちらりと覗けた気がした。

そんな腹の内を表には出さず、にこやかに笑みを返しつつ櫛を手に取って見ていると、小さなざわめきが聞こえた。何だろうとそちらを向くと、奥から恰幅のいい中年の男が、出てくるところだった。店の者たちが揃って礼をしたので、これが松葉屋の主人、昇之助《しょうのすけ》に違いあるまい。

昇之助は店の者に軽く頷き、客たちに、いらっしゃいませと頭を下げつつ、土間へ下りて草履を履いた。どこかへ出かけるのだ。お美羽は櫛を置いて、昇之助を目で追った。

昇之助は、あまりいい男とは言えないが福々しい丸顔で、一見すると好人物のようだ。しかし、何となく目付きが気になる。栄吉の話を聞いたからかもしれないが、どこか貪欲そうな光を帯びているように思えた。

その後ろから、女が一人、出てきた。どうやら、お内儀が見送りするらしい。

「行ってらっしゃいませ」

お内儀は、小さな声で言った。昇之助は振り向きもせず、「うむ」と唸っただけで表に出た。駕籠《かご》が待っているのが、暖簾の向こうに見える。

駕籠が行ってしまうと、お内儀は客に深々と一礼してから、急ぐように奥へ戻って行った。ずっと見ていたお美羽は、お内儀の様子を訝しく思った。お内儀は、お美羽の目から見ても、大した美人だった。なのに、化粧が地味なせいか、暗く沈んで見える。客に声をかけるでもなく、店の者に何か指図するでもない。まるで自分が邪魔者であるかのような振舞いだった。どうもこの店、何かありそうだ。

「あの、どうかなさいましたか」

難しい顔になって奥の方を見ていたお美羽に、手代が聞いた。お美羽はさっと櫛に目を戻すと、最初に薦められた珊瑚色のものを再び取り上げた。

「そうですねえ。やはり、初めに見せていただきましたこちらが、よろしいですね」

手代の顔が明るくなった。

「では、こちらをお求めに」

「はい」

「ありがとうございます。百八十文になります」

高《たけ》えぞ、とお美羽は心の中で呻いた。

松葉屋の外に出て、柳原通の雑踏を抜けながら、お美羽は買ったばかりの櫛の包みに目をやった。やれやれ、思いのほかの買い物だ。こういう品を自分に買ってくれるいい人が現れるのは、いつの日のことか。


家に戻ると、帳面つけの仕事を終えたらしい欽兵衛が、お美羽の声を聞いてすぐに出てきた。

「ああ、お帰り。わりに早かったね」

「ええ。お父っつぁんの言う通り、様子を見るだけにしましたから。でも、こんなの買っちゃった」

松葉屋の櫛を出して見せると、欽兵衛は手に取って確かめた。

「ほう。お前に似合いそうな色だね。どれ、挿してあげよう」

欽兵衛はお美羽の髪から薄茶の櫛を抜いて、代わりに新しい櫛を挿した。

「うん、いいじゃないか」

欽兵衛が目を細める。

「でもねえ、値段の割に、飾りの出来栄えがちょっと安っぽいのよ」

「贅沢なことを言ってるねえ。なら早く、そういうことにも目の肥えた旦那さんを見つけて、買ってもらうんだね」

「またそういう話を」

　自分でも同じことを思っていたので、お美羽は膨《ふく》れっ面をしてみせた。

「ああ、そうだ。帰ってきたばかりで悪いんだが、寿々屋さんに使いに行ってくれないか。先月お借りした本を、そのままにしていたんだ。先月の修繕代金をまとめた書付と一緒に、持っていってくれ」

「お父っつぁんが行かなくてもいいの」

「私は、夕方に寄合があるんでね」

　寄合という名の、飲み会だろう。まだ日も高いし、寿々屋までなら行って帰って、半刻もかからない。それに、寿々屋と言われて思い付いたこともあった。

「いいよ。これから行ってきます」

「一服してからでいいんだよ」

「早い方がいいじゃない。本ってどれ」

それじゃあ頼むと欽兵衛が書付と一緒に手渡したのは、黄表紙だった。世間の出来事の風刺や仇討ち話などを、講釈のように書き綴ったものだ。欽兵衛も寿々屋の主人、宇吉郎《うきちろう》も、こういうものを好んで読んでいる。

黄表紙と書付を風呂敷に包んで持ち、お美羽は通りに出た。この一ツ目通りを北に進み、二ツ目之橋を渡って左に三町ほども行けば、寿々屋の前に出る。その短い道のりで、お美羽はさっき思い付いたことを考えた。松葉屋の店先を見ただけでは、何となく嫌なものを感じた、という以上のことは得られない。小間物屋の噂話は、やはり同じ小間物屋の者に聞くのが一番いいだろう。

相生町の竪川《たてかわ》に沿った大通りに面して、間口十七間の店を構える寿々屋は、元禄《げんろく》の初め頃に江戸橋近くで創業した老舗である。大火に遭ってから、三十年ほど前にこの地に移ったが、大奥出入りの看板も掲げ、小間物商仲間の内でも、大きな力を持っていた。

八代目主人の宇吉郎は、温厚で信頼できる人物として知られ、欽兵衛よりひと回り上だが、ウマが合うらしく懇意にしていた。

寿々屋に着いたお美羽は、わざわざ宇吉郎を呼び出すほどでもなかろうと、よく知っている手代の壮助《そうすけ》に声をかけた。

「あっ、お美羽さん、いらっしゃい。旦那様にご用ですか」

お美羽に気付いた壮助が、満面の笑みになって迎えた。壮助はお美羽より二つ上の二十三で、見た目も悪くない。商売の才の方は、可もなく不可もなし、というところらしい。

「ええ。でも、お父っつぁんが借りた本をお返しして、書付を渡すだけなので。壮助さんの方からお渡ししてもらえばいいかなと思います」

「いやあ、旦那様はお美羽さんが来られると機嫌が良くおなりですから。直にお渡しいただくのがいいですが、生憎お得意様とお出かけで。では、お預かりします」

壮助は愛嬌を振りまくように言って、包みを受け取った。実はこの壮助、お美羽の婿にどうかと宇吉郎が考えたことがあったらしいのだ。確かに年恰好も家筋も釣り合っているし、他人が聞けば、いい話に思える。

しかし、宇吉郎は熟考の末、この考えを取り消した。壮助は悪い人物ではないのだが、口も身持ちも、いささか軽い。お美羽の性分とは、到底合わないだろうと見切ったのである。これは、酒の席で宇吉郎自身が欽兵衛に漏らした話なので、間違いない。当の壮助は、以前からお美羽にほの字らしいのだが、この話は全く知らない。壮助にとっては、知らなくて幸いだろう。

「実は今日、松葉屋さんを覗いてみたんですけど」

商売敵のところに行ったんですか、などと揶揄されるかと思ったが、壮助は愛想笑いを崩さない。

「神田豊島町の松葉屋さんですか。ここ何年かで人気の出たお店ですね」

「そうです。あそこって、同業の目からご覧になって、どうなんでしょう」

「どう、とおっしゃいますと」

「この櫛なんですけど、百八十文で買ったんですが、何だかお店で見たときより安っぽいような感じがして」

「ははあ。よくお似合いだとは存じますが……ご無礼いたします」

壮助は顔を寄せて、櫛をじっと見た。

「なるほど。色合いなどは良うございますが、模様の細工は少々雑かもしれません。うちでしたら、左様ですねえ……百三十文、というところでしょうか」

五十文も高いのか。やはり、お美羽の目は確かなようだ。

「つまり、あまり信用の置けないお店、ということでしょうか」

「いえいえ、そこまでは申しません。値付けにつきましては、どこを主に見るか、そのお店のお考え次第でして」

壮助は無難に答えた。言われてみれば、そんなにいい加減な商いをする店が、あれほど大きくはならないだろう。

「ただ、ですね……」

おや、やっぱり何かあるのか。壮助は声を低めた。

「お客様はともかく、同業での評判はあまり良くありません。他所の店の意匠を勝手に真似たりしているようで。商売敵になりそうな店を、無理やり買い取ったこともあるそうです」

「まあ……信義を欠くようなことを、なさるのですか」

壮助は、小さく頷く。

「ひと言で申しますと、そのような」

どうやら松葉屋昇之助は、相当欲深い男であるらしい。壮助は一瞬、さらに口を開きかけたが、思いとどまってか唇を結んだ。まだ何か知っているようだ。

「壮助さんは、寿々屋さんの商いのことだけでなく、いろんなことに通じてらっしゃるのね。手代の心がけとして、ご立派だと思います」

「えっ、いいえ、そんな。でも常日頃から、何事も商いのためと精進しております。目を開けて耳を立てておくのも、大事なことですので」

お美羽に褒められて、壮助は少しばかり肩をそびやかしたように見えた。

「松葉屋さんのことも、もっと深くご存じなんでしょう」

うまく舞い上がった壮助を、お美羽はさらにつついてみた。案の定、壮助は咳払いして先を続けた。

「ここだけの話ですが、松葉屋さんは御上の禁令に背くような贅沢な品を、こっそりお金持ちの方々に売っているようです」

「え、そんなことを。よく見つかりませんね」

奢侈《しゃし》禁止令は、少しでも江戸の民が贅沢になってきたと見做《みな》されるたび、何度も出されていた。だが、毎度のことなので、お触れが出されて時が経つと、大概骨抜きになってしまう。人の欲は、禁令の書付一枚で抑えられるものではない。

とは言え、法としては生きているので、目立ち過ぎた者を見せしめのようにお縄にすることは、時々ある。松葉屋は、それを気にしていないのだろうか。

「そこはそれ、魚心あれば何とやら。あからさまに目立つようなことは控えていますし、然るべきところに袖の下、ということもございましょう」

壮助は、訳知り顔にそんなことを言った。

「そんな高価なもの、どこで作っているんでしょう」

「口の堅い職人に、手間賃をはずんでいるのでしょう」

ではその分、栄吉など普通の職人には出し渋るのか。だとしたら、理不尽だ。

「それだけでなく、恐らくは長崎からも」

「でも、松葉屋さんは唐物商ではありませんよね。長崎と商いできるお許しもないのでは」

「そうですが、長崎の商人や長崎奉行様の使いが店に出入りするのを、見た者がいる、との噂があります。裏の伝手《つて》で、異国の品を仕入れているのでは、と勘繰られていますよ」

「へえ、それはまた……」

そこまで聞いたところで、大きな咳払いが聞こえた。壮助が、びくっとして口をつぐんだ。そちらを見ると、寿々屋の番頭、宇兵衛《うへえ》が手を後ろに回して立ち、壮助を睨んでいた。

「あら、まあ番頭さん、こんにちは」

お美羽が何事もなかったように挨拶すると、宇兵衛は「いつもどうも」と通り一遍の挨拶をし、壮助に奥へ戻れと告げた。壮助は小さくなって、お美羽に「失礼します」と言い、宇兵衛に従って店の中に入った。

もう少し聞きたかったのだが、あの様子だと壮助は、何を余計なことを喋っているんだと叱られるだろう。仕方ない。壮助には悪いが、松葉屋には怪しげなところがあると同業の間で囁かれているらしいのは、よくわかった。それなら、他でも噂を拾えるだろう。

長屋に戻ると、栄吉に出会った。今しがた欽兵衛に、さっき話した根付細工を渡してきたところだという。

「いやあ、本当に助かりやした。さすがは仏の欽兵衛さんだ」

欽兵衛の場合、仏と言われるのはお人好しと同義だが、父親がそうして感謝されると、お美羽としても悪い気はしない。

「ええ、うまく収まって良かったですね」

「来月はきちんと払えるようにしやすんで」

栄吉はもう一度頭を下げて、はっきり約束した。こういう店子ばかりだと、大家の仕事は至って楽なのだが。

「あれから松葉屋さんを覗いて、いろいろ噂を聞いてみたんですけど、あまりいい店ではないようね」

「ああ、俺も薄々は聞いてたんだが、最初に言われた手間賃が悪くなかったんで、つい受けちまった。おかげで散々でさあ」

栄吉は、まだ憤懣やる方ない様子だ。

「旦那さんと、おかみさんらしい人を見たけど、とっても綺麗なんで、ちょっと驚いたわ」

「ああ、お登世《とよ》さんね。確かに、評判の別嬪《べっぴん》でさ」

「そのお登世さんだけど、何だか元気がないみたい。妙に暗い感じがして」

「ははあ、お美羽さんも気が付きやしたかい」

栄吉は、そうなんですよと頷く。

「お登世さんは、前のお内儀が亡くなった後、二年ほど前に請われて後添いに入ったんですがね。どうも旦那から、辛く当たられてるって話ですぜ」

「あんな綺麗な人と、望んで添い遂げたのに、どうしてそんな」

「望んで、ったって、惚れ合った娘とめでたく一緒になった若い衆じゃありやせんから。旦那が悋気《りんき》を起こしてるんじゃねえですか」

「どういうこと？」

栄吉は、言いにくそうにお美羽から目を逸らした。

「つまりその……間男ですよ。不義密通ってやつ。それを疑ってるんじゃねえかな」

「え、それって本当に？」

「いや、さすがにそりゃあ知りやせんがね。でも、本当じゃなくたって、あんな若くて綺麗な人を女房にしたら、却って落ち着かねえって気持ちはわかりやすが」

何を言ってるのよ、とお美羽は栄吉を肘で小突いた。昇之助が勝手に疑ってお登世を辛い目に遭わせているとしたら、これまた理不尽な話だ。

「お登世さんは後添い、って言ったけど、年恰好からすると、前にご亭主がいたのかしら」

「へい。前の亭主は、俺と同じような細工物や飾り物の職人だったそうです。詳しくは知りやせんが」

「その人は、どうなったの」

「三年ほど前に死んだ、って聞きやしたが」

「ずいぶん若いのに、亡くなったんですか」

「ええ、なんで死んだかまでは……」

そこまで言って、栄吉は難しい顔つきになった。

「言われてみると、何だか気になってきやしたよ。何せあの松葉屋の話ですからねえ」

「いいえ、栄吉さんが気にすることでは」

「それを言うなら、お美羽さんの方がよっぽど、関わりねえじゃありやせんか」

お美羽は言葉に詰まった。栄吉の言う通りだ。自分の悪い癖だ、とお美羽は思う。

いささか謎めいた、怪しげな話に出くわすと、つい白黒をつけたくなってしまうのだ。そういう性分が縁談を遠ざけている、と欽兵衛からもさんざん言われるのだが、こればかりは直らない。

「ちょいと噂を拾ってみやすよ。どうもこのままじゃ、腹の虫がすっきり収まらねえ」

栄吉はそう言い残して、長屋を出て行った。


翌日の昼。お美羽は書の習い事に出かけた。琴や茶の湯など金のかかる高尚なものではないが、読むだけでなく、美しい文字や文章が書けることは、一つの嗜みとなる。

師匠は武家の出という三十路《みそじ》を過ぎた婦人で、習い所を兼ねた師匠の家は回向院《えこういん》裏手にあった。そこに通うのは十二、三から十八、九の娘十五人ほどで、お美羽は一番年上であった。皆、商人の娘で、良縁を期待しての習い事である。

帰り道、回向院前の方に出て、仲のいい二人と茶店に入った。こうして友人と甘いものを食べるのも、習い事の楽しみの一つである。

「お美羽さん、それ、新しい櫛よね」

十七になる太物商の娘、お千佳《ちか》が言った。

「ええ。昨日、豊島町の松葉屋さんで買ったの」

「なあんだ、自分で買ったのか。いい人ができて、買ってもらったのかと思った」

残念そうに言ったのは、金物屋の娘、おたみ。こちらは番茶も出花の十八だ。

「はあ、自分でも、そうならいいのにって思うよ」

お美羽は大袈裟に溜息をついてみせた。お千佳とおたみが、笑う。

「松葉屋さん、三年ほど前だっけ、阿蘭陀《オランダ》風の意匠の小物を出して当たったときは、結構な勢いだったけど。この頃は何て言うか、ちょっと平凡よね」

お千佳が、いささか大人ぶった言い方で松葉屋を評した。へえ、とお美羽は興味を引かれる。

「阿蘭陀風ねえ。どんなものだったの」

「あれ、お美羽さん、知らなかった？　一時、流行ったのに」

お千佳は、意外そうに言った。三年前頃は、大家の仕事を手伝うようになって、様々なことを覚えるのに忙しく、小間物選びに時をかけていなかった。家主への義理立てもあるからと、小間物は全部寿々屋で買っていたのだ。

「阿蘭陀風ってね、阿蘭陀人の絵姿を煙草入れに付けたり、阿蘭陀人の被り物を根付にしたり、そういうのよ」

「阿蘭陀風の煙管《キセル》もあったわね。なんかこう、大きくぐにゃっと曲がったやつ。あれで煙草が吸えるのかしら、って首を傾げたんだけど」

「そもそも、あれが本当に阿蘭陀風なんだかどうか、わかりゃしないし」

お千佳とおたみは、そんなことを言い合ってまた笑った。要するに、ちょっと変わった意匠を考えて「阿蘭陀風」と付けておけば、それで通用する、ということだ。

「その煙管をね、琴弾竹乃丞《ことびきたけのじょう》が、舞台で使ったのよ」

「竹乃丞って、西村座《にしむらざ》の？」

「そうそう、その竹さま」

竹乃丞は、当代人気の二枚目役者である。お美羽は舞台で見たことはないが、細面で背も高く、その流し目にうっとりする女たちは数知れず、という。そんな竹乃丞が小道具に使えば、目立つに違いない。

「竹さまの真似をしてもてようと考えた男連中が、争って買い求めたのよ」

男って馬鹿ね、と言いつつ、「竹さま」と言うときのおたみの目が泳いでいる。やれやれ、とお美羽は肩を竦めた。

「その阿蘭陀風の煙管やら何やら、松葉屋が竹乃丞に売り込んだわけね」

だとすると、商いの目の付け所として悪くない。昇之助も、なかなか目端が利くようだ。

「そうなんだけど……ちらっと聞いた話じゃ、最初に作った職人さんが、たまたま竹さまと幼馴染か何かだったらしいよ」

「ふうん、そんな縁があったんだ」

栄吉は、その職人のことを知っているだろうか。もう少しこの話を、と思ったが、そこで頼んだ饅頭が来たので、お千佳とおたみの興味は忽ちそちらに移ってしまった。

日が傾いた頃、長屋に戻ると、木戸の近くに栄吉の女房、お喜代が立って、通りにちらちら目をやっていた。何だかそわそわしている。

「お喜代さん、どうかしたの」

　声をかけると、お喜代は困惑と苛立ちが混じった表情のまま、挨拶した。

「うちの人が、ひょいと朝から出て行って、なかなか帰って来ないんです。明日には寿々屋さんに簪十本、納めることになってるのに」

「まだできてないの」

「ろくに手も付けないまま、鉄砲玉みたいに出たっきりですよ。どこをほっつき歩いてるのか」

「行く先は言ってないのね」

「ちょいと出てくる、昼飯はいらねえ、ってそれだけ」

　お美羽は首を傾げた。菊造などなら、姿をくらまして昼間から飲み歩いていることもあるが、栄吉にしては珍しい。が、一つ心当たりがある。昨日、松葉屋についての噂を拾ってみる、と言っていた。もしや、そのために動き回っているのか。

　お美羽は躊躇《ためら》ったが、話しているうちに心配げになってきたお喜代の顔色を見て、「もしかすると……」と言いかけた。が、ちょうどそのとき、お喜代が通りの先を見て「あ」と声を上げた。そちらに顔を向けると、一ツ目通りを曲がってくる栄吉の姿が目に入った。

「ちょいとお前さん！　どこへ行ってたのよ」

「あァ？　いやなに、ちょっとした野暮用だ。別におかしなことはしちゃいねえぜ」

「だからどこへ」

「神田の方だよ。注文の御用聞きにな」

なおも不審がるお喜代を促し、栄吉は長屋の奥に向かった。そのとき、お美羽の方を振り返って、「後で寄りやす」と言った。やはり、松葉屋について調べてきたのだ。それをお美羽にも聞かせる、ということだろう。お美羽は、「はい、それじゃ後で」と返し、家に戻った。


栄吉は、夕飯が済んだ頃を見計らって現れた。

「おお、栄吉さんか。あの根付、幸右衛門さんが喜んでたよ」

欽兵衛が上機嫌で迎えると、栄吉は、恐れ入りやすと頭を搔いた。

「で、何か用事かね」

「へい、実はその、お美羽さんに……」

栄吉は、欽兵衛から目を逸らして、お美羽の方を見る。お美羽が膝を進めた。

「松葉屋さんのことね。何か聞き込んだの」

それを聞いて欽兵衛が、渋い顔になる。

「何だ、やっぱり深入りしてるじゃないか」

「大丈夫だって。別に私がお店に乗り込んだわけじゃなし。せっかくだから、お父っつぁんも聞いてみて」

「せっかくだからって、そういう話じゃあるまいに」

そうは言いながらも、欽兵衛も話を聞く気になっているようだ。栄吉は、二人の顔をちらちら見て、話を始めた。

「お登世さんの前の亭主ってのが、修太郎《しゅうたろう》って名ですが、細工物の職人だった話はしやしたよね。三年ほど前、松葉屋が阿蘭陀風の小物を出して、当りを取ったでしょう。あれはもともと、修太郎の考案だったんですよ」

阿蘭陀風云々は、昼間、お千佳とおたみから聞いたばかりだ。

「もしかして、阿蘭陀風の煙管を舞台で使った琴弾竹乃丞は、その修太郎さんの知り合いだったの」

栄吉は目を丸くした。

「よくご存じで。子供の頃、同じ長屋に住んでたらしいです。で、修太郎が竹乃丞に、変わった煙管を作ってみたと言って、くれてやったんですよ。そしたら竹乃丞が気に入って。舞台で見得を切るのに使ったら受けそうだ、ってね。やってみたら、大受けした」

「それは、私も聞いたことがある。その阿蘭陀風の煙管や何やらで、松葉屋は大きくなったんだとか」

欽兵衛も、話に入ってきた。

「大家さんのおっしゃる通りで」

「じゃあ、修太郎って職人も大儲けできたわけだ」

これには、栄吉がかぶりを振った。

「そうはいかなかったんでさ。竹乃丞が舞台で使ってすぐ、松葉屋が修太郎に、同じものを作ってくれ、と注文しましてね。修太郎は、煙管の他にも阿蘭陀風の意匠を凝らした小物を作って納めたんですが、松葉屋はそいつを何百も作れ、って言ったんですよ」

「まあ。何百もって、一人でそんなこと、できるの」

お美羽が驚いて聞くと、栄吉は「そりゃ簡単じゃねえ」と答えた。

「日にちをかけりゃできるが、松葉屋は流行りの時期は短いとみて、急いでやれと言ったようです。そうなると、一度にたくさん作れるよう、質を落とさなきゃならねえ。修太郎はこだわりが強い奴だったらしくて、断ったんです」

「でも、松葉屋ではそういう品をたくさん売ったんでしょう。どうやったの」

「もっと融通は利くが腕は落ちる職人を何人か使って、そっくり似たものを作らせたんでさ」

「修太郎さんの工夫を盗んだのかね。そりゃあ、良くないねえ」

欽兵衛が、眉間に皺を寄せる。

「修太郎さんは、怒ったでしょう」

「そりゃあ、怒りまさぁ。でも、職人らしいっていうか、松葉屋に殴り込むような真似はしねえで、もっといいものを作って見返そうと、工夫を重ねたんですよ」

「ほう。それは感心だ」

欽兵衛は、感じ入ったように言った。だが、栄吉は難しい顔になる。

「ところがうまくいかねえもんで、昼夜なしに工夫に励んだもんだから、ここをやられちまった」

　栄吉は、自分の胸を指した。

「労咳（結核）かね」

「いや、心の臓でさ。一晩中仕事してたが、朝になっても仕事場から出てこないので、お登世さんが覗いたら、床に倒れてこと切れてた、ってことで。根を詰め過ぎたんですねえ」

「まあ、お気の毒に」

　修太郎は、憤死したようなものだ。だが、そんな経緯《いきさつ》なら、どうしてお登世は夫の仇のような松葉屋の、後添いなんかになったんだろう。

「そう思うのはもっともで」

　お美羽の疑問を聞いた栄吉は、頷いた。

「修太郎は、松葉屋に借金があったんですよ。とても一ぺんには返せねえ額だったとかで、証文を見せられたお登世さんは、後添いに入ってくれるなら借金はなかったことにする、と言われて、仕方なく」

「それは酷い。金でお登世さんを買ったようなものじゃないか」

温厚な欽兵衛も、さすがに憤りを見せた。

「へい。でもね、松葉屋の身代からすりゃあ、玉の輿だって言う連中もいて、それも間違いというわけじゃねえし……」

「ちょっと待ってよ。お登世さんは今、松葉屋の旦那に辛い目に遭わされてるんでしょ。それを玉の輿だなんて、よく言えるわねえ」

お美羽が嚙みつくと、栄吉は身を引いた。

「あっしが言ったわけじゃありやせんや。この辺の話は全部、修太郎をよく知ってた職人仲間から聞き出したんで」

そこでお美羽はふと考えた。

「その借金、本当にあったの。職人の修太郎さんが、そんな大金借りるとは思えないけど」

それを聞いた栄吉が、ぱんと手を打った。

「さすがお美羽さんだ。おっしゃる通り、あの借金は、お登世さんをものにするため、松葉屋の旦那がでっち上げたんじゃねえかって噂は、あちこちで囁かれてましたぜ。新しい阿蘭陀風の細工をするのに、材料仕入れや道具代やらで相当金を使ったから、それを松葉屋に借りた、ってことになってるが、ちょいと頷けやせんね」

「お金が必要だったとしても、松葉屋なんかから借りないわよね」

「あっしもそう思いやす」

「うーむ、松葉屋というのは、やっぱりだいぶ怪しげな店らしいね」

欽兵衛が、嘆息しながら言った。まったくで、と栄吉が頷くと、欽兵衛はそこでやっと気付いたように顔色を変え、お美羽の方を向いた。

「これお美羽、こんな危ない店のことに首を突っ込むんじゃない。もうこの辺で充分だろう」

「でも、店子の栄吉さんが理不尽な目に……」

「手間賃を値切られた、というだけの話だろう。もし本当に面倒事が起きそうなら、幸右衛門さんや喜十郎《きじゅうろう》親分に話しておく」

喜十郎とは、この界隈を縄張りにする岡っ引きだ。欽兵衛やお美羽とも、懇意である。

「栄吉さん、ご苦労だった。お美羽、この話はこれきりにしなさい」

栄吉は、どうもお邪魔をと言って引き取り、お美羽は「はーい」と気のない返事をした。欽兵衛の言う通り、面倒事は喜十郎親分たちの領分だ。しかも今のところ、親分に出張ってもらうようなことは何も起きていない。だが、お美羽は何となく、このままでは済まないような気がした。

三

三日ほど経った。お美羽は隣の長屋に住む大工の甚平《じんぺい》を呼んで、惣後架の端の壁を修繕してもらっていた。

「こんなもんでいいかい」

腐って外れかけていた板を取り換え、釘を打ったところで甚平が言った。

「はい、それで充分。柱の方は、大丈夫だった？」

「ああ、ちょっとばかし傷んできてるが、まだしばらくは放っておいても構うめえ」

「わかった。ありがと」

お美羽は手間賃を渡し、甚平は、またいつでも、と言って帰って行った。こうしたこまめな修繕は、大家の大事な仕事だ。特に惣後架は、ここの糞便を肥料として売った代金が大家の少なからぬ収入になるので、きちんと目配りしておかなくては。

甚平が木戸を出ると、入れ違いに幸右衛門がやって来た。

「やあお美羽さん、欽兵衛さんはいるかい」

「今ちょっと、六間堀のご隠居のところへ出かけてますけど」

ははあ、将棋かな、と幸右衛門は口元に笑みを浮かべた。

「じゃあ、お美羽さんに話しておこう。今、構わないかい」

「はい、もちろん。どうぞ家の方へ」

近頃では幸右衛門も、お美羽のことを単なる大家の娘でなく、代理人として扱っている。座敷でお美羽と対座した幸右衛門は、お美羽の淹れた茶を一口啜ると、早速用件を切り出した。

「栄吉のことなんだがね。松葉屋から番頭が来て、四の五の言ってきた」

「松葉屋から？　幸右衛門さんのところにですか」

何か文句をつけてきたのか。文句があるのは栄吉の方だろうが、勢いで松葉屋の誰かと喧嘩でもしたのだろうか。

「うむ。どうも栄吉が、悪い噂を流すので迷惑している、と言うんだ」

「悪い噂、ですか。手間賃を値切られたことでしょうか」

「いや、職人を騙して意匠を盗んだだの、借金をでっち上げて後添いをものにしただの、そういうことをあちこちで言いふらしてる、と言うのさ。納めた品物にケチをつけられた腹いせだろう、とね」

「それだけで町名主さんのところに行くなんて、大袈裟ですね」

「ああ、まったくだ」

幸右衛門は、苦笑を浮かべた。幸右衛門は栄吉の人となりを知っているだけに、そんな苦情を持ち込まれたことを腹立たしく思っているのだろう。

「その噂ですけど、栄吉さんが細工物の職人仲間たちから聞き込んできたものですよ。言いふらしたなんて、言いがかりです」

「ははあ、なるほど。松葉屋としちゃ、そういう話をほじくり出されちゃ困る、ということだろうね。わざわざ大袈裟にしたのは、余計な詮索はするな、という脅しみたいなもんだよ」

「それじゃあ、噂が本当だと自分から白状しているようなものじゃありませんか」

「そうだねえ。藪蛇、と言うにぴったりだな」

幸右衛門は、面白そうに言う。

「まあ正式な訴えというわけじゃないが、向こうが言ってきたからには、一応は伝えなきゃならんのでね。それで来たんだ」

「それはどうも、わざわざ恐れ入ります。栄吉さんには、私から話しておきます」

幸右衛門は、うんうんと頷き、それじゃ頼んだよと言ってすぐに引き上げた。

栄吉のところへ行ってみると、真面目に仕事をしている最中だった。栄吉の仕事場は部屋の隅っこに置いた文机のような台で、そこに腰を据えて貼ったり削ったり、細かい仕事を続けている。お喜代は邪魔しないよう、台所に立っていた。栄太は後ろで、すやすや寝ている。

「あらお美羽さん、うちにご用ですか」

菜っ葉を切る手を止めて、お喜代が聞いた。

「ええ、ちょっと栄吉さんに話しておくことがあって」

その言葉が耳に入ったようで、「へい、何でしょう」と応じて、栄吉は手を止めた。熱が入っているときは、赤子の泣き声も耳に入らないのだが、今は大丈夫らしい。

「実はね、松葉屋さんから幸右衛門さんのところに……」

お美羽は、栄太を起こさないか気にしつつ、幸右衛門から聞いた話をした。

「何を勝手なこと言ってんだ、てなもんだけど、松葉屋がそんな気でいるなら、気を付けた方がいいよって、それを言いに来たの」

できるだけ軽い調子で言ったのだが、栄吉の顔がみるみる朱に染まった。

「ふざけやがって、あん畜生め」

お美羽は、しまったと思った。栄吉に、動きを控え目にするよう促したつもりが、逆に煽ってしまったようだ。

「お前さん、そんなに怒らないで」

お喜代が抑えようとしたが、栄吉は収まらない。

「冗談じゃねえ。これが怒らずにいられるか。手間賃を値切っただけじゃ済まねえで、今度はてめえらのことを棚に上げて、俺を悪者にしようってか。あっちがその気なら、黙っちゃいられねえぜ」

この剣幕に、栄太が目を覚まして泣き始めた。その泣き声で、栄吉は少し落ち着きを取り戻した。

「わかりやした、お美羽さん。松葉屋ってのは、そういう奴なんですね」

「ちょっと栄吉さん、軽々しく暴れたりしちゃ駄目よ」

「わかってやす。けど、こいつは俺の話だ。俺が始末をつけまさぁ」

そう言い切って、栄吉はくるりと背を向けた。仕事に戻る様子だ。お喜代は心配そうだが、お美羽に向かって「済みません」と言った。今日のところは帰って、ということだ。仕方なく、お美羽は気分がざわついたまま、家に戻った。

翌日、お美羽の心配は当たった。昼過ぎに、お喜代が駆け込んで来たのだ。

「ええっ、ちょっとどうしたんです、お喜代さん」

「ああ、お美羽さん、来て下さい。うちの人が、えらいことで……」

お喜代は髪も乱れ、すっかり取り乱している。これは大変と、お美羽は家を飛び出して栄吉のところに走った。

「あれっ、栄吉さん、それ、いったいどうしたの」

長屋の障子を開けてみると、栄吉は畳の上で横になっていた。栄太は部屋の隅で、おとうはどうしちまったのかとばかりに、じっと栄吉の顔を見つめている。その顔は、頬と唇が紫に腫れあがり、額にはたんこぶという、散々な有様だった。

「まさか、松葉屋に殴り込みに行ったんじゃ」

栄吉は、慌てて起き上がったが、痛みが走ったようで顔を顰めた。

「じょ、冗談じゃねえ。穏やかに文句を言いに行っただけで」

「文句を言うのに穏やかなんてあるもんか。勢いに任せて、怒鳴り込んだんだろ」

お美羽の後ろから、お喜代が言った。

「ほんとにお前さん、馬鹿なんだから。そんなんで、仕事ができなくなったらどうすんだよ」

「何言ってやがる。骨が折れたわけじゃねえ。一日休んでりゃ、元通りさ」

一日で元通りになるようには見えないが、とにもかくにも、事情を聞かなければ。

「松葉屋には、行ったわけね。それで、どんな風に文句を」

「いや、正面から暖簾をくぐって、旦那に会わせろと言ったんですよ。そしたら裏へ回れって言われて、その通りにしたら、裏木戸から入った途端に取り囲まれやして。で、俺が悪い噂を流してるなんて、変な言いがかりをつけるなと言ってやったら、お前こそ言いがかりをつけに来たのかって、ちょいと殴られやして。まあ、何発か返してやったが」

「早い話が、袋叩きにされたと」

「……面目ねえ」

栄吉がうなだれた。どうやら栄吉が先に手を出したわけではなさそうだ。しかし、松葉屋のような大店の奉公人が、こんな乱暴なやり方をするとは思えない。

「誰にやられたの。松葉屋の人じゃないでしょう」

「そうなんで。どう見ても堅気じゃねえ奴が、四人ばかり」

松葉屋は、用心棒代わりにそういう輩を飼っているのか。真っ当な商いをしているなら、そんな連中と関わることはない。やはり、だいぶ後ろ暗いことをしているようだ。

「お前さん、もう松葉屋に関わるのはやめときなよ。何されるかわかんないよ」

「おい、こうまでされて黙ってろってのか。もういっぺん……」

言いかけたところでお喜代とお美羽に睨みつけられ、「ま、行くにしてもしばらく先だな」と小さい声になった。

「そうそう。おとなしく仕事に精を出しなさい」

「お医者にかからなくて大丈夫でしょうかねえ」

おずおずと言うお喜代に、栄吉が怒鳴る。

「てやんでえ、こんなもん、唾でも付けときゃすぐ治らァ」

お美羽がまた睨んで、黙らせる。

「ま、この調子なら要らないでしょう。熱でも出るようなら、丈庵《じょうあん》先生を呼ぶから」

済みません、ご厄介ばっかりおかけします、とのお喜代の声を背に、お美羽は引き上げた。

夕方、所用から戻った欽兵衛にこの話をすると、欽兵衛は困ったものだ、と溜息をついた。

「大きな怪我でなく済んだならいいが、これで終わりにしなくてはなあ。松葉屋にはもう関わるな、とくれぐれも栄吉に念を押しといてくれ」

お美羽は、わかりました、と返事したが、生憎向こうの方が、このまま忘れてはくれなかった。

「御免下さい。こちらの大家、欽兵衛さんはいらっしゃいますか」

そう呼ばわって松葉屋の番頭が現れたのは、次の日のことだった。番頭一人かと思いきや、あろうことか強面《こわもて》を二人も連れている。

「ああ……はい、おります。どうぞお上がりを」

応対に出たお美羽は、居留守を使おうかとも思ったが、どうせそれでは済まされまいと、三人を座敷に通した。

藤次郎《とうじろう》と名乗った番頭と向き合った欽兵衛は、いかにも落ち着かなげだった。強面は、番頭の後ろに控えている。父親一人では頼りないと見たお美羽は、お茶を出してそのまま居座った。

「さて、こちらの店子で、栄吉という職人がいますね」

「はあ、その栄吉のことで何か」

「そうです。手前どもは、その栄吉のおかげで多分に迷惑を蒙《こうむ》っております」

「迷惑と申しますと……」

「手前どもの商いについて、あらぬ噂を広めておるようで。商いのことだけならまだしも、おかみさんのことにまでおかしな話を出されては、放ってはおけません」

　金で買って、或いは借金をでっち上げて、お登世を無理矢理後添いにした、という話か。これは確かに、憶測から出たことなので、分が悪い。

「おまけに昨日は店にまで押しかけてきました。手前どもが言いがかりをつけている、などと申しまして、狼藉を働いたのです。ここにいる二人は、栄吉に殴られました」

　強面二人が、顔を上げて頷く。どう見ても、大した怪我などしていないようだ。栄吉の方が、はるかに酷い目に遭わされている。

「しかし、栄吉の方は相当に怪我をしておりますよ」

　欽兵衛は反論したが、藤次郎は受け付けない。

「栄吉の方が殴りかかってきたのです。そうなるのも、仕方ないでしょう」

「栄吉さんは、先に手を出したのはそちらだと言っていましたよ」

　黙っていられず、お美羽が口を出した。藤次郎がじろりと睨む。

「それは、栄吉がそう言っているだけでしょう」

　そう返されると、証拠がないだけに水掛け論になる。お美羽は引いた。

「とにかく、こちらは商いに差し障りが出ているのです。このままにはできません」

「はあ……どうしろとおっしゃるので」

欽兵衛は早くも俯き加減だ。温厚で揉め事を避ける性分が裏目に出そうで、お美羽は眉をひそめた。

「栄吉が二度とこんな真似をしないよう、大家さんからもとくと言って聞かせて下さい。それと、店の売り上げに障りが出た分も弁償していただきます」

「弁償ですって！」

お美羽は思わず大声を上げた。欽兵衛が慌てて抑えようとする。

「それは、いかほどとお考えで……」

「まず、詫び料込みで一両、というところでしょうか」

「そんな法外な！」

欽兵衛より先に、お美羽が叫んだ。栄吉のひと月分の稼ぎに近い。そんな金を、栄吉が出せるわけがない。

「手前どもの一日の売り上げは、それよりはるかに多いんですよ。これでも、控え目にしておいたのです。栄吉が払えないと言うなら、大家さんの方でお立て替えいただければ結構です」

何が結構だ。欽兵衛もさすがに唇を歪めた。

「それは……しかし……」

「払えない、と言われるならそれも良うございますが、町役様のところへ申し立てさせていただくことになりますよ」

町役人に、となると、話は町名主の幸右衛門のところに持ち込まれ、正式に調べられる。話が大きくなると、栄吉も欽兵衛も立場がなくなる。

「もともとは、栄吉さんが注文を受けて納めた品に、そちらが難癖をつけて手間賃を値切ろうとしたからでしょう。それを全部、栄吉さんを悪者にするなんて……」

言ってからお美羽は、しまったと思った。案の定、相手はせせら笑いと共に反駁《はんばく》してきた。

「栄吉がどう言ったかは知りませんが、注文した品がこちらの求め通りの質に足りていなければ、約定通りの支払いができないのは、当然のこと。悪者にしたとは心外です」

確かに品物の質については、素人がどうこう言える立場ではない。お美羽が黙ると、藤次郎はわざとらしく表情を緩め、媚びるように言った。

「手前どもも、事を荒立てようというんじゃありません。二度と商いの邪魔をしてほしくない、というだけですから」

「はあ……」

欽兵衛は、争う気をなくしているようだ。一両ぐらい立て替えることはできるが、どう考えても相手が悪いはずなのに、従うのは癪に障って仕方がない。

「欽兵衛さん、お邪魔しますよ」

そのとき突然、裏手で声がした。欽兵衛とお美羽は、はっとして声の方に顔を向けた。

「頼まれていた本、見つけたのでお持ちしました。ご来客なので遠慮して待っていたが、話の中身が聞くともなく耳に入ってしまったのでね」

裏から縁先に回って現れたのは、入舟長屋の住人、浪人の山際辰之助《やまぎわたつのすけ》だった。ここに住むようになって半年。年は三十手前で、目鼻立ちが整い、立ち姿も役者の如くすっきりとしているので、近所の女たちには人気がある。普段は通りの向こうの貸本屋の二階を借りて、読み書きを教えていた。

「どなたです、こちらは」

藤次郎が不審の目を向ける。欽兵衛が答える前に、山際は自分で名乗った。

「相州浪人、山際辰之助と申す。勝手ながら、ちと話に入らせていただいてよろしいか」

藤次郎は顔を顰め、「それは」と断ろうとしたが、欽兵衛は「ああ、ちょうど良かった。どうぞどうぞ」と上がるよう促した。山際は読み書きの師匠を務めるだけあって学があり、欽兵衛としては渡りに船だったろう。

「では、御免」

山際は藤次郎の顰め面をよそに、欽兵衛の隣にどっかりと座った。

「さて、早速にお尋ねするが、松葉屋さんは栄吉のせいで、いかほどの損を蒙ったのかな」

「それはだから、一両と申し上げております」

「詫び料込みで、と言われたではないか。いかほど、売り上げが落ちたのかな」

「いや、それは……」

「売り上げが落ちたとして、そのうち栄吉の流したという噂によるものが幾らか、というのは勘定できているのか。また、それが間違いなく栄吉の噂によるという証しは、ちゃんとあるのか、それを伺いたい」

「いや、勘定と言われましても、いまこの場では」

「ほう。幾らの損が出たか、しかと覚えてはおられぬのに、どんぶり勘定で一両を吹っ掛けられたのか」

「い、いや、吹っ掛けたなどと……」

「それに、栄吉が噂を流したと言うが、噂の中身を、栄吉はどうやって知ったのか」

「ですからそれは、栄吉があちこち嗅ぎ回って」

「ということは、元から流れていた噂を栄吉が聞いてきた、ということだな」

藤次郎の顔に、動揺が走るのがはっきり見えた。

「栄吉が噂の出元だと言うならわかるが、聞いた噂を他の誰かに話した、というだけなら、誰でもやっていることではないか。殊更に栄吉を責めるのは、解せんな」

藤次郎は、言い返せずに苛々としている。

「火のない所に煙は立たぬ。元からそのような噂が流れていたのなら、何がしかのよりどころがあったのでは、と言われても仕方あるまい。そちらの言われるように、町役人のところへ持ち込めば、噂の真偽も含めてその辺りを詮議せねばならぬが、よろしいのか」

藤次郎の顔が赤くなった。それを見て、強面二人がいきり立った。

「この野郎、黙って聞いてりゃあ……」

膝を立てようとする二人に、山際は落ち着いた笑みを向けた。

「ほう、お前さんたち、両国《りょうごく》の銀蔵《ぎんぞう》のところの連中だな」

銀蔵というのは、聞いたことがある。両国広小路《ひろこうじ》裏辺りに一家を構えるやくざ者だ。強面二人は、ぎくっとして動きを止めた。

「松葉屋さん、こういうのと深く関わっているのが表立つと、却って不都合ではないかな」

藤次郎は渋面になり、二人を手で制した。

「わかりました。今日のところは、これで帰らせていただきます」

お邪魔しましたとも、ご無礼しましたとも言わず、藤次郎はさっと立つと、振り向きもせず表口から出て行った。強面連中は、去り際にお美羽たちをじろりとねめつけていったが、それ以上は捨て台詞さえ残さなかった。

「いやあ、山際さん、助かりました。本当に、ありがとうございました」

欽兵衛とお美羽は、三人が引き上げた後、丁重に山際に礼を述べた。

「さすがは山際さんですね。理路整然として、松葉屋の連中、ほとんど言い返せなかったじゃありませんか」

お美羽に言われると、山際は照れたように頭を搔いた。

「いや、言うことがあまりに乱暴で雑なので、つい口を挟みたくなってな」

山際にとっては、扱いやすい相手だったようだ。

「本気で一両欲しかったわけではあるまい。栄吉が松葉屋に関わらないよう、おとなしくさせるための脅しだろう」

「ずいぶんいろんな手を使ってくるものですねえ」

「うん。お美羽さんの言う通り、どうも大袈裟だな。掘り返されては困るようなことが、いろいろあるとしか思えん。それとなく八丁堀の耳に入れておいた方がいいかもしれんな」

「はい、機会があれば、そうします」

それから山際は、少し考えてから言った。

「実は、ここだけの話だが、松葉屋は寿々屋さんにも手を出しているようなのだ」

「え、寿々屋さんにも、ですか」

お美羽と欽兵衛は、驚いて声を揃えた。店子の栄吉だけでなく、家主の寿々屋にまで迷惑を及ぼしているとすれば、聞き流すわけにはいかない。

「品物に傷があると難癖をつける客が店に来たり、出入りの職人がちょっとしたことで脅されたり、博打に引き込まれて仕事ができなくなったり、そんなことが続いている」

寿々屋の商品に間違いはないから、難癖をつける客とは、嫌がらせの類いだろう。しかし、何のためにそんなせせこましいことをするのか。

「寿々屋さんほどの身代でしたら、大きな害はないようにも思いますが」

欽兵衛が言うと、山際は溜息をついた。

「だから、却って厄介なのだ。じわじわと、時をかけて寿々屋の評判を落としていくつもりらしい。大ごとでないだけに、その都度片付けるしかないのだ」

「山際さんは、寿々屋さんからその片付けを頼まれておいでなので」

「時々、手を貸してくれと頼まれる。さっきのように、難癖をつけてくる連中を論で負かしたことが何度か」

なるほど、と欽兵衛が応じる。山際は、用心棒にするような刀の腕はあるまい、との評判だが、論で簡単に負けることはなさそうだ。

「松葉屋の仕業だという証しはないんですか」

「向こうもなかなか尻尾は出さぬ。もし捕らえても、罪になるかどうかさえ難しいところだ。ただ、両国の銀蔵の手下が顔を出したこともある。今日のようにな」

それで、顔を見てすぐ、銀蔵の身内だと見抜いたのか。

「そんな気の長いことを続けても、寿々屋さんは潰れやしませんよ。どういうつもりでしょう」

「潰すつもりはあるまい。だが、松葉屋は大奥御用達を狙っていると専らの噂だ。それが狙いなら、寿々屋を蹴落とす意味はある」

お美羽は、ははあと得心して大きく頷いた。寿々屋の信用を落として大奥御用達の看板を取り上げさせ、代わりに松葉屋が入り込もうという算段なのか。そのために、御城内の然るべきところには、袖の下が撒かれているに違いない。

くれぐれも内聞に、と言ってから、山際は忘れるところだったと懐から本を出した。欽兵衛に頼まれていたということだが、古い黄表紙らしい。欽兵衛は、丁寧に受け取った。

「あいつらは、もう来ないと思うが、もし来たら呼んでくれ」

山際はそう言い置いて、帰った。

「頼りになるお方ですねえ」

縁先で見送り、その場にしばらく座ったままでお美羽が言うと、欽兵衛も頷いた。

「うん。人に教えるだけの学があるお人は、違うねえ。男ぶりも、なかなかだし」

「そうねえ。男ぶりも立派よねえ……」

「おやお美羽、どうしたね。少し顔が赤いようだが」

えっと思って、急いで振り向く。

「話に気が入り過ぎて、熱っぽくなったのかね」

「いや、そんなことないと思うけど」

欽兵衛は、そうかね、と軽く応じて、奥に引っ込んだ。お美羽は自分でも、顔が上気しているのに気が付いていた。

四

山際の言った通り、松葉屋の連中が押しかけてくることは二度となかった。代わりに、意外なところで騒ぎが起きた。

「ちょっとちょっと、お美羽さん、大変よ」

おたみが、あたふたと駆け込んできた。

「大変って、どうしたの」

「竹さまが、お縄になったの」

「え？　竹さまって、琴弾竹乃丞が」

「そうなのよ。奢侈の禁令に背いたとか何とか。つい先刻、番屋に連れていかれたらしいの。もう私、どうしよう」

どうしようって、おたみが焦っても仕方がないだろう。ただの贔屓なんだから。

でもそれを言うと、泣き出しそうだ。

「両国の西村座から、引っ張られたの」

「ええ、そうよ」

「うーん……ちょっと行ってみようか」

「一緒に行ってくれるの。ありがとう」

おたみは泣きそうな顔に笑みを浮かべるという難事をこなし、お美羽の手を引っ張って通りに出た。

本所尾上町《おのえちょう》の西村座は、元禄の頃から続く芝居小屋だが、両国広小路から回向院にかけての賑わいのただ中にあり、広小路の見世物小屋に飽き足らぬ人々が、新しい芝居を求めて詰めかけていた。竹乃丞は、その西村座の看板役者の一人である。それがお縄になったとあっては、物見高い連中がこぞって押しかけ、竹乃丞と役人は一刻余りも前に番屋へ行ったというのに、西村座を取り巻く人垣はまだ相当なものだった。

「わあ、やっぱりすごい人ねえ」

お美羽は人垣を見て、足を止めた。人々の半数以上は女で、おたみのような贔屓だろう。中には、袖で顔を覆って泣いている娘もいる。

「竹さまのいない西村座なんて……御上に、早くお解き放ちをって嘆願しようかしら」

半ば本気らしいので、お美羽は呆れておたみを見た。

「馬鹿なこと言ってないで。どういう経緯でお縄になったのか、それが聞けないかなあ」

西村座の座元も、他の役者や下働きも、話ができるような様子ではなかろう。そもそも、ここへ来て自分は何をするつもりだったのかと考え始めたとき、小屋の入口に三人ばかり出てきた。皆、黒い紋付きの羽織姿だ。ここの座元たちだろう。皆が一斉に、そちらを向く。

座元たちは周囲に向かって深々と腰を折ってから、口上を述べ始めた。

「えーご贔屓の皆様、このたびは琴弾竹乃丞が不始末を起こし、大変にご心配をおかけしましたこと、誠に申し訳ございません」

座元は精一杯声を張り上げ、詫びを言うと共に、今日明日は全ての興行を取り止め、明後日以降は竹乃丞の代役を立て、興行を再開いたしますと約した。が、やはりというか、竹乃丞がお縄になった事情を詳しく語ることはなかった。

もう一度深く頭を下げてから、座元たちは引っ込んだ。その背に、それだけか、とか、何でお縄になったのか詳しく話せ、とかの声が飛んだが、それきりだった。おたみはと言うと、口惜しがって袖を噛んでいる。お美羽は、事情を知っていそうな顔見知りはいないかと、左右を見回した。

人垣が崩れ、ぶつぶつ言ったり好き勝手な噂をしたりしながら、半数ほどが帰りかけた。そこでお美羽は、ようやく知った顔を見つけた。小屋の入口近くに立って、騒ぎにならないかと目配りしている四十くらいの岡っ引きだ。お美羽は、人波をかき分けてそちらに寄った。

「喜十郎親分、ご苦労様です」

「うん？　おう、入舟長屋のお美羽さんか。あんたも竹乃丞の贔屓なのかい」

強張った顔を緩めて、喜十郎が言った。喜十郎は北森下町から六間堀界隈を縄張りとしており、南六間堀町に住んで、女房に絵双紙屋をやらせている。今日は人気役者を引っ張るので野次馬が多かろうと、手伝いに呼び出されたようだ。

「私じゃなく、贔屓はこっちです」

お美羽はおたみを指した。おたみは、こくんと頷く。

「親分さん、竹さまに何があったんでしょう」

「そう言うあんたは、金物の小島屋《こじまや》の娘さんだな。そう情けない顔をしなさんな」

喜十郎は、左右を見回して、二人を小屋の脇の目立たない場所に連れて行った。

「こんなとこで身も世もなく嘆いてるのを見たら、お父っつぁんが怒りだすぜ」

「何を大袈裟な。贔屓の役者がお縄になったと聞いたら、誰だって気になるでしょう。それで、どうなってるんです」

お美羽が促すと、喜十郎はどうしたものかと考える風だったが、まあいいかと顎をさすって、一部始終を語った。

「北の御奉行所に、密告した奴がいたんだ。竹乃丞が分不相応の贅沢な品を、いろいろ隠し持ってるってな」

「誰か、訴え出た人がいたんですか」

「八丁堀の旦那に聞いた話じゃ、使いに駄賃をやって、文を持たせたようだ。使いにされた奴はまだガキで、頼んだ相手は誰だか知らねえ、って吐《ぬ》かしてる。文を書いた奴は、自分が何者か知られたくなかったんだな」

「御奉行所は、それで西村座に調べに入ったんですか」

「ああ。正直、こういうのはたくさんあってな。大概、気に食わねえ奴を困らせてやろうってぐらいの話で、大したことはねえ。放っておくことも多いんだが、名の知れた役者の話となると、黙ってるわけにもいかねえ。それで、竹乃丞のヤサを不意打ちしてみたんだが、これが金細工やら何やら、何十両もしそうな飾り物や着物がどっさりだ。少しぐらいなら、きつく叱って終わり、ってこともあるが、さすがに多過ぎた」

奢侈禁止令は、厳格に取り締まれば奉行所は手一杯になり、町人たちの反発も激しくなる。だから発令されてしばらくすれば取り締まりも緩み、目を付けられても付け届けでなんとかなる。それが利かないほどのことだったようだ。

「竹乃丞は、ほれ、二、三年前に阿蘭陀風とかなんとかいう、変に曲がった煙管を舞台で使って、一時流行りになったろう。あれに味を占めて、時々舞台で、かなり金のかかった小道具を、目立たないように使ってたんだ」

お美羽はおたみに、「そうなの?」と尋ねる。おたみは頷いた。

「舞台の竹さまが、どこにそういう贅沢をしてるか、それを見極めるのが贔屓の楽しみの一つだったの。舞台が終わってから、あの煙草入れには金糸の刺繍があったとか、手鏡が螺鈿細工だとか、みんなで言い合うのよ。誰の目が確かか、って話が盛り上がって、喧嘩になったこともあったわ」

喜十郎は、やれやれと嘆息した。

「八丁堀の旦那方もそれを知ってたから、ここらで締めてやらねえと、役者どもが付け上がる、と思ったんだろうぜ」

「大胆不敵というか……竹乃丞も、危ない橋を渡るのを楽しんでたんでしょうか」

「ま、確かにそういう奴もいるわな。役者は人気商売だ。少しぐれぇは危ねぇことをしねえと、てっぺんには立ってられねえんだろう」

「そんなことしなくても、竹さまは充分素敵だったのに……」

おたみがまた情けない顔になるのを宥《なだ》めて、お美羽は聞いた。

「御奉行所に文を届けさせたのは、竹乃丞のことを相当よく知ってる人ですね。そんな贅沢な品を溜め込んでるのを承知してたわけですから」

「そいつはどうかな。今しがたおたみちゃんが言った通り、贔屓筋でも竹乃丞がそういう品を使ってると、知ってたわけだからな」

「贔屓なのに竹さまを訴え出るなんて、そんな人いませんよ」

おたみがむっとした様子で言い返す。お美羽は、まあまあとおたみの肩に手を置いた。

「このことがずっと知られていたんなら、どうして今なんでしょう」

「それよ。誰か近頃、竹乃丞に恨みを持った奴がいたんじゃねえか」

喜十郎はおたみに、心当たりでもあるかい、と聞いた。おたみは、思いもよらないという顔でかぶりを振った。

「竹乃丞は、どうなるんでしょう」

「そうさな……過料か手鎖で済みゃあいいが、見せしめってこともあるからな。所払いかもしれねえ。いずれにしても、江戸の舞台にゃ立てねえだろうな」

「竹さまの舞台、もう見られないんですか。そんなぁ……」

おたみがまた泣き顔になった。そこへ喜十郎の下っ引きが、「親分、ちょいとお願いしやす」と呼びに来た。気付けば見物の野次馬も、もうほとんどいなくなっている。喜十郎はそれを潮に、じゃあな、と二人に背を向けた。

「ひどいわ。贅沢な品を持ち込んでいるのは、竹さまだけじゃないでしょう。他の役者だってそうだろうし、大店の旦那さんたちは、きっと裏でたくさんの……」

おたみは、両国橋の袂、両国東広小路をぐるぐると行ったり来たりしながら、ぶつぶつとこぼし続けていた。お美羽はさすがにうんざりしてきた。

「ねえおたみちゃん、もう帰ろうよ。ここでいつまでも嘆いてたって、竹乃丞さんが戻ってくるわけでもなし」

わかってるけど、何か納得いかない、とおたみは駄々をこねるように言う。どうしようかと辺りに目をやったところ、意外な人を見つけた。

「あれ？　お美羽さん、どうかした？」

お美羽の目が一人の女の背に釘付けになっているのを見て、おたみが怪訝な顔をした。

「あの人……お登世さん」

「お登世さん？　ひょっとして、松葉屋のお内儀？」

「そうなんだけど、何だか様子が」

後ろ姿のお登世は肩を落とし、歩くのも辛そうだ。大店のお内儀というのに、お供の下女も連れず、手ぶらの一人きり。すれ違う男どもの多くが振り返っているのは、美人の証しと言うべきだろうが、もしかすると、心配されるほど暗い表情をしているのかもしれない。お美羽は、思わず後を追った。

両国橋を渡ったところで、辛抱できずに声をかけた。

「あの……もしや、松葉屋のお登世様ではございませんか」

お登世は、突然のことに驚いた様子で足を止め、振り向いた。

「はい……左様ですが、どちら様でしょう」

「私は、深川北森下町の大家、欽兵衛の娘で美羽と申します」

そこで、おたみもくっついて来ているのに気が付き、そちらを向いた。おたみも慌てて挨拶する。

「金物商小島屋の娘、たみと申します。お初にお目にかかります」

名乗りながらも、何が何だかわかっていない顔をしている。お登世の方も、当惑したようだが、少し間を置いて思い当たったらしい。

「あ……もしや、職人の栄吉さんのところの大家さんでは」

良かった。栄吉のことを知っていてくれたか。ならば、話がしやすい。

「失礼ですが、お登世さんも西村座に？」

言われて、お登世はぎくりとしたように眉を上げた。まずかったかな、と思ったが、もう仕方がない。

「あの、竹さま……竹乃丞様のご贔屓でいらっしゃいますか。私もなんですが」

おたみが無遠慮に言ったので、今度はお美羽がぎくりとした。お登世の方は、その一言に眉をひそめたが、小さく「はい」と答えた。これは、立ち話をしていられる風ではない。お美羽は、広小路に並ぶ茶店の一軒を指差した。

「よろしければ、あちらで少しお話を」

お登世はしばし躊躇ったが、「それでは」と従った。おたみはまだ、首を傾げている。

茶店の主人に頼んで、一番奥に通してもらった。お登世は改めて見ると、憂いを含んだ顔がさらに美しく、否でも人目を惹き付ける。だがここなら、他の客を気遣わずに済む。

「栄吉さんは、どんなお具合ですか。先日はその……私どものお店の方で、揉め事になりましたようで」

お登世が気遣うように言った。揉め事、というより専ら栄吉が痛めつけられたのだが、お登世はその辺りの事情は知るまい。

「はい、さほどの怪我ではございませんで、仕事に戻っております。ご案じなく」

そうですか、とお登世は安堵したように応じたが、話の先が続かない。何をどう聞くか考えたものの、いい思案は浮かばないので、ままよと竹乃丞の話に踏み込んだ。

「竹乃丞さんがお縄になった事情は、ご存じですか」

お登世の肩が、ぴくっと動いたように見えた。

「はい……西村座の座元、久右エ門《きゆうえもん》さんに伺いました」

「座元さんに……では、西村座の方には、だいぶ出入りをなさっていたのですね」

「そうです。竹乃丞様が使って人気の出た阿蘭陀風煙管などを、私どもの店で扱うようになりまして、その御礼もあり、引き続き私どもの品をお使いいただけるよう、度々お願いにも」

お登世はがっくりと肩を落とした。

「それがこのようなことに……私どもから納めました品は、お咎めを受けるような品ではございませんが、いろいろお願いしたことで竹乃丞様を煽るようなことになっていたのでは、と申し訳なく思っております」

お登世は、修太郎のことには一切触れない。今の松葉屋内儀としての立場を慮ってのことだろう。だとすると辛い話だ、とお美羽は思った。

「竹さまは、お咎めを受けるほどの品々を、どこから買い求めておられたんでしょう」

おたみがそう口にすると、お登世は「さあ、それは」と困ったように言った。

「私どもにはわかりかねます。でも、こう申しては何ですが、お金のあるご贔屓筋は数多くおられたはず。そうした方々から贈られたものでは、と拝察いたします」

「お金持ちから贈られた……ああ、そう、そうですよねえ」

おたみは、口惜しそうに口を尖らせた。自分の家も裕福な大店なら、きっと負けないほど立派な贈り物をしたろうに、とでも無邪気に思っているのだろう。

ここまでのお登世の話に意外なものはない。どちらかと言うと、本音を出さないよう気を付けながら、表向きの話をしているように聞こえた。お美羽は迷ったが、もっと踏み込むことにした。

「どうしてお役人が踏み込むことになったか、お聞きでいらっしゃいますか」

「は？　いいえ」

「御奉行所に、竹乃丞さんを名指しする文が届いたのです。誰がそのようなことをしたのか、お役人もご存じないようです」

お登世の目が、恐ろしいものでも見たように大きく開かれた。

「ああ……何ということ……やっぱり……」

呻くように漏らし、お登世は俯いて顔を覆った。お美羽とおたみは、顔を見合わせた。

「あの、どういうことでしょう。何かご存じなのですか」

お美羽はお登世を気遣いながら、そっと顔を近付けて尋ねた。お登世はしばしそのまま俯いていたが、やがて意を決したように顔を上げた。

「その文でございますが、届けさせたのは、たぶん私の主人です」

「えええっ」

おたみが辺り構わぬ大声を出した。ぎょっとして周囲を見渡す。こちらに顔を向けた客はいたが、それ以上の関心を向ける者はいなかった。お美羽はほっとして、肘でおたみを小突いた。

「松葉屋の旦那様が、どうしてそのような」

「それは……」

お登世は唇を噛む。が、ここまで言ってしまえば一緒だと思ったか、先を続けた。

「主人が、私と竹乃丞様の間を邪推しまして。以前から怪しい仲だと疑っているようなのです」

おたみが、もう一度大声を上げかけたが、今度は自分の手で口を押さえた。

「申すまでもなく、私と竹乃丞様の関わりは、そのようなものではございません。商いの筋と、役者として贔屓にさせていただいているより外は、何も」

お登世はきっぱりと言った。お美羽は、「そうでしょうとも」と大きく頷く。

「それじゃその、旦那さんは勝手に竹さまとのことを誤解して、仲を裂くためにこんなことをしたというんですか」

あまりのことに、おたみは呆然としている。

「はい……そうだという証しなどございませんが、私にはそうとしか……」

言葉を濁したが、お登世は昇之助の仕業だと信じているようだ。

「本当にそこまでなさるのですか。役者仲間の嫉妬ということは」

役者たちの間で、人気を妬んだ足の引っ張り合いなど、幾らでもある。今度のことも、そうではないのか。

「きっとそうよ！　竹さまはあんなに様子がいいし、人気だって当代一、二だし、妬まれるのも当然だわ」

おたみがここぞとばかりに言った。ああもう、ちょっと黙ってて頂戴な。だいたい、当代一、二というのは少々欲目が過ぎるだろう。

「それも思わぬではありませんでしたが、このことで御奉行所を本気にさせたら、他の役者の方々にも累が及びかねません。妬みであれば、もっと違うやり方をなさるのでは、と」

「ああ、それもそうですね」

一理ある。奢侈禁止令に引っ掛かりそうなことをしている役者は、少なくない。下手なことをして自分も火の粉を被ったら、元も子もない。

「主人の仕業でございましたら、竹乃丞様に何と言ってお詫び申し上げればいいのやら……松葉屋がここまで大きくなったのは、竹乃丞様のおかげと申しましても違いはないのに、何という恩知らずなことか」

お登世はますます気が沈んでしまったようだ。慰めるどころか却って落ち込ませてしまい、お美羽は申し訳なくなって席を立った。


「びっくりしちゃった。悋気を起こして相手をお役人に突き出すなんて、大店の旦那さんがすることじゃないでしょう」

両国橋を渡って帰る道々、憤ったおたみがぶつぶつ言った。あなたがそんなに怒ってどうするのよ、とお美羽は苦笑する。

「大きな声では言えないけどね、どうやら松葉屋の旦那さんは、竹乃丞さんのことでお登世さんに、ずっと辛く当たっていたらしいの。この前、お登世さんをお店で見かけたときも、何だか疲れたような、暗い感じで。体でも悪いのかと思ったぐらい」

「ほんと？　やっぱり酷い旦那さんね」

「後添いにと熱心に望んで来てもらっただけに、余計に心配でしょうがないんでしょう」

修太郎のことや、借金をでっち上げた云々は、おたみには聞かせない。聞いたら、どんな尾鰭を付けて広めてしまうか、見当がつかないからだ。

「さっきのお登世さんの話、他に喋っちゃ駄目よ」

「わかってる。お千佳ちゃんにも、言わないから」

大丈夫かなあ、とお美羽は思う。成り行きでおたみも聞いてしまったわけだが、ちょっとまずかったかと後悔していた。

「でも、あんな綺麗な人が竹さまのご贔屓で、縁も深いなんて……」

おや、おたみの思うところは、お美羽の考える方向とだいぶ違うらしい。

「きっとあんな風な、綺麗でお金もあるご贔屓さんが、大勢いるんだろうなあ。私なんか、端っこの端っこだ」

その通りだと思うが、熱中している時は気が付かないものなのか。

「でも、その竹さまも、もう舞台には戻って来られないようだし……」

あらあら、また嘆き悲しむの。嘆いても、もうどうにも……。

「よし、決めた！」

おたみはいきなり、両手を握りしめて立ち止まった。驚いて見ていると、おたみは何度も首を振りながら、宣旨でも述べるように言った。

「私、明日から木村扇之丞《きむらおうぎのすけ》の贔屓になる」

「はぁ？」

木村扇之丞は、確か市村座《いちむらざ》に出るようになった、若手の二枚目役者だ。

「もしかして、乗り換えるの」

「竹さまとは、お別れする。ずっと泣いてはいられないもの」

立ち直り、早過ぎ。


「竹乃丞だがな、やっぱり所払いになりそうだぜ」

北森下町の番屋で、喜十郎が言った。

「江戸十里四方ですか」

お美羽が聞くと、喜十郎は「いやいや」と手を振った。

「そこまではいかねえ。単なる江戸払いだ」

町奉行の支配地からの追放、ということだ。十里四方所払いより、はるかに狭い。

「じゃあ、芝居ができなくもなさそうですね」

「まあ、どうしても場末の田舎芝居になっちまうがな。奴がそれでもやりてえってんなら別だが、一度看板役者として江戸の大舞台を踏んだら、そうもいかねえだろう。伝手がありゃあ上方へ、って手もあるが、それもなさそうだし、金持ちの女に侍って食わしてもらうとか、そんな生きざまになりそうな気がするぜ」

落ちてしまえば人気役者もそんなものか、とお美羽は竹乃丞が少し気の毒になる。

「それにしても、やけに決まるのが早いですね」

御白州で刑が決まるまで、半年や一年、あるいはもっと長く小伝馬町《こでんまちょう》の牢に入れられるのは、珍しくもない。数日で見通しがつく、というのは極めて異例のはずだ。

「何せ、あの色気のある役者だろ。長いこと牢に入れたんじゃ、何があるかわからねえ、ってんでさっさと厄介払いする気じゃねえか」

なるほど。愉快な話ではないが、お美羽も子供ではないので、想像はついた。

お登世さんは、どうしているだろう。あれから松葉屋の店を覗いてみたが、お登世の姿は見えなかった。昇之助は、竹乃丞をお縄にさせて、満足しただろうか。お登世さんの扱いが、少しは良くなっていればいいのだが。

「気になることでもあるかい」

喜十郎が声をかけた。

「ああ、いえ……竹乃丞はその、ご贔屓のお金持ちのお内儀とかと、何ていうか、深い仲になってたりしたんでしょうかねえ」

これを聞いて、喜十郎は目を丸くした。

「へえ、お美羽さんがそんなことを考えるとはねえ。こりゃあ、早く嫁に行った方がいいぜ」

何を勘違いしているのか、喜十郎はニヤニヤ笑った。

「ちょっと、変に気を回さないで下さいな」

喜十郎は、いや済まねえ、と言いつつも、ニヤニヤ笑いを消さない。

「まあ、あれだけの二枚目で、しかも派手好きだ。値の張る贅沢な小物を贈ったお内儀たちとそういうことになっていても、全然おかしくねえわな」

誰でもそう考えるか。松葉屋の昇之助も、同じように思ったのだろう。お登世さんも、竹乃丞への申し訳なさと相俟って、まだまだ安らげないでいるかもしれない。

二十日がやってきた。お美羽は朝から、店賃集めに回り始めた。入舟長屋には有難いことに、空家はない。それと言うのも、大家の世話がしっかりしていて、建物の手入れも行き届いている、との評判があるからだ。実際、お美羽がしょっちゅう見回って、これは駄目だと思った箇所は、すぐに甚平に頼んで直してもらっている。そのため、入るものはそこそこなのに、出ていくものは多い。欽兵衛は飄々として無頓着だが、お美羽はやり繰りにだいぶ頭を使っていた。

端から順に回っていく。ここの住人たちは、払いがいい方だが、それでも、この日に限って姿をくらましたり、用意してたんだが飲んじまったんで待ってくれ、なとど言うのが常に二、三軒はある。菊造などは、すんなり払うことの方が珍しい。

まずは五軒、きちんと頂戴した。六軒目は、山際のところだ。一人住まいであるが、師匠をしている手習いに出るにはまだ暇があるので、いるはずだった。

「山際さん、御免なさいよ。美羽です」

「ああ、お美羽さんか。店賃だね。入ってくれ」

障子を開けると、山際がこちらを向いて座っていた。きちんと背筋を伸ばしている。

「この前は、どうもお世話になりました」

「うん？　松葉屋のことかな。なあに、大したことはしていない」

山際は、気軽に言った。端整な顔に浮かんだ笑みを見ると、お美羽の胸がちょっと騒いだ。

「あれから、連中はまったく何もしてこないようだね」

「はい、おかげさまで」

「やっぱり、あれ以上大ごとにする気はなかったんだな。もう関わり合いにならなければ良かろう。はい、それでは店賃」

山際は、丁寧にも懐紙に載せて、六百文を差し出した。山際の住む端の部屋は、少し広くなっていて風通しもいいので、他の部屋より百文高い。広めの方がいいと山際が望み、たまたま空いたところへ入ったのだ。

六百文には、一文銭、四文銭に加え、一匁銀貨も交じっている。お美羽は丁寧に勘定した。それを見つめる山際の視線が感じられて、心なしか顔が火照る。

「はい、確かに頂戴しました」

「おや、お美羽さん、どうかしたかな。少し顔が赤いようだが」

「え、い、いえ、何でもないです。今日は朝からちょっと暑いですねえ」

秋風が入ってうすら寒いくらいだが、と首を傾げる山際の前から、そそくさと退散した。

外で息を整える。やれやれ、先日の一件以来、すっかり気にしてしまっているのが自分でもわかる。山際に、どんな目で見られていることやら。

菊造のところは、思った通り留守だった。どうせ払える金があるとも思えないが、節目ごとにお灸をすえておかないと、埒が明かない。夜にもう一度来て、一発かましておこう。

栄吉のところは、根付細工を貰って店賃に代えたので、この月は無用だ。それでも、他の家を全部回った後で、様子を見に寄った。

「あ、お美羽さん、いつもどうも」

拭き掃除を終えたところらしいお喜代が、膝に栄太を乗せて迎えた。

「栄太ちゃん、こんにちは」

手を振ってやると、あはっと笑った。その頬を、お喜代が優しく撫でる。

「この前から、いろいろお世話かけちゃって」

「それはいいの。栄吉さん、仕事の方はどう」

「松葉屋さんとの話が寿々屋さんの耳に入って、それじゃあってことで、いつもより多めに注文をいただきました。助かってます」

「それは良かったですねえ」

寿々屋も、松葉屋から裏で嫌がらせを受けている身だ。栄吉が松葉屋と悶着を起こしたと聞けば、栄吉の加勢に回るだろう。栄吉にとっては、うまく運んだようだ。

「このまま、もう何事もなければいいんですけど」

お喜代が言うのに、大丈夫ですよと笑って応じ、お美羽は今日の仕事を終えた。

座敷に座って、集めた店賃をもう一度勘定し、帳面に付ける。二十四軒中、栄吉の分も含めて二十軒、支払いを受けた。残りは、取り立てに数日以上かかりそうだ。菊造のところともう一軒は、来月まで無理だろう。まあ、こんなものか、とお美羽は筆を置いた。

一息ついて、さっきのお喜代との話を思い出す。大丈夫ですよと言ったものの、お美羽の胸の内には、漠然とした不安があった。このまま、静かに収まるのだろうか。

西村座は、あれからずっと休演したままだった。座元は、二日後には小屋を開けると約していたが、その後すぐ奉行所の調べが入り、他にも奢侈禁止令に反するのが目に余る役者が見つかっていた。座元も奉行所に呼び出されて厳しくお叱りを受け、しばらくは芝居ができないことになったのだ。よしんば再開したとしても、竹乃丞や主だった人気役者を欠いたままでは、興行も覚束ない。西村座はこのまま終わるのでは、と巷では囁かれ始めていた。西村座にしてみれば、とんだとばっちりだ。

奉行所への文が松葉屋の仕業だとしても、ここまで大変なことになるとは思っていなかったろう。今頃は、内心で慌てふためいているのではなかろうか。

竹乃丞は所払いで小伝馬町を出てから、行方がわからないそうだし、寿々屋への嫌がらせも地味に続いているようで、どうにもすっきりしない。どこかで不穏なものが蠢いている。そんな感じが抜けきれなかった。

五

お美羽の予感は、早くもその晩、現実のものとなった。

五ツ半（午後九時）になる頃、お美羽は長屋の木戸の傍に立った。ほどなく、表通りから鼻歌が近付いてきた。まったく、いい気なものだ、とお美羽は鼻を鳴らす。

鼻歌が角を曲がり、木戸の提灯が菊造の顔を照らした。

「お帰り、菊造さん」

お美羽は陰から姿を現し、菊造の前に立った。

「わあっ」

菊造が飛び上がり、くるりと背を向けて、一目散に逃げようとした。

「こら、待てぇ」

お美羽は木戸を飛び出し、菊造の襟首を摑まえた。

「ひゃあ、な、何だ、お美羽さんか。提灯の灯りにぼうっと浮かんだんで、俺ぁてっきり」

「女幽霊だと思った、とか言うつもり？　もうちょっとましなこと言いなさい」

「えっとその、店賃かい」

「当たり前。今日は二十日よ。さあ、ちょっとでも払って」

「いやその、払おうって気はあるんだが、懐が言うことを聞いてくれなくて」

「あんた、酒臭いよ。飲む金はあって、店賃はないなんてもう言わせないから」

「勘弁してくれよ。懐を数えても何文も残ってねえし、明日朝、早ぇんだ」

「何勝手なことを。なんなら、一晩中障子の前で一文銭を、一枚、二枚って数え続けてあげようか」

「皿屋敷のお菊じゃあるめえし、勘弁してくれって……」

突然、通りの先で「わあーっ」という悲鳴が上がった。お美羽と菊造は、言い合いを止めて凍りついた。

「な、何だありゃ」

酔いが醒めたような顔で、菊造が言った。

「栄吉の声だったような気がしたが……」

聞くが早いか、お美羽は駆け出した。菊造は、長屋の内に走ろうとした。その襟首を、また摑む。

「逃げてどうすんの！　栄吉さんだったら大変じゃない。一緒に来て」

「あ、ああ。行ったら店賃、まけてくれるかい」

「こんなときに何言っててんだ！　蹴っ飛ばすぞこの馬鹿」

お美羽は怒鳴って、菊造を引きずった。菊造は観念したらしく、悲鳴の方へ走り出した。

通りの二つ先の角から、黒い影が転がり出てきた。同時に、三つほどの影も飛び出した。

「くそっ、畜生、何しやがんだッ」

転がった影が叫ぶ。栄吉に間違いない。

「何してんの、あんたたち！」

お美羽が大声を出すと、三つの影が、ぱっと動いてこちらを向いた。半月の月明かりで姿はわかるが、顔までは見えない。

三人の曲者《くせもの》は、お美羽たちに気付いて、逃げるかどうするか、逡巡したようだ。だが、女と見て取ったのだろう。腕が動き、その先できらめくものがあった。匕首《あいくち》を出したのだ。お美羽は、ぎくっとして足を止めた。匕首を持った曲者は、こっちに駆け寄ろうとしている。こうなると、菊造は頼りにならない。

「きゃあーっ、人殺し！　誰か来てぇーっ」

甲高い声で、思い切り叫んだ。怖い、というより、この声で誰か、異変に気付いて出てきてくれ、と願ってのことだ。

曲者は一瞬ひるんだ。が、誰も出てこない、と見るや、改めて匕首を構え、迫ってきた。

「ど、どうすんだよお美羽さん」

馬鹿、名前を呼ぶな。菊造は度を失い、足が震えているようだ。これはまずい、とじりじり下がった。曲者は、こちらを脅して追い払うつもりか、本気で刺す気か……。

後ろで、誰か走ってくる気配がした。はっと振り返る。二本差しの影が忽ち近付き、脇をさっと駆け抜けた。月明かりで、ちらりと顔が見えた。

「山際さん！」

曲者はこれを見て止まった。が、逃げるには間に合わないと思ったか、匕首を振り上げた。

「危ない！」

お美羽は悲鳴を上げそうになった。山際は学問には秀でているが、剣術は……。山際の腕の動きは、全く見えなかった。それでも、月光を浴びた刀が一閃したのはわかった。

「ひっ」

押し殺した悲鳴が上がり、匕首がきらきら光りながら、飛んだ。曲者はたたらを踏んで下がった。それから、さっと身を翻すと、竪川の方へ向かって駆け出した。栄吉を摑まえていた残る二人も、栄吉を放り出すと仲間の後を追って、走り去った。

「お美羽さん、菊造、大丈夫か」

山際が振り向いて、刀を収めながら聞いた。「はい、大丈夫です。ありがとうございます」とお美羽はすぐに答えた。菊造は歯の根が合わない始末で、「だ、だ、大丈夫でさぁ」と、やっとこさ応じた。

「栄吉さんは」

栄吉は地面に倒れ込んでいたが、ゆっくり起き上がった。山際が抱え起こす。

「おい栄吉、怪我はないか」

「山際さんですかい。いやァ、地獄に仏だ。助かりやした。あ、お美羽さんも」

栄吉は、荒い息を吐いている。

「栄吉さん、何があったの。あれは、誰」

傍らに跪《ひざまず》いて尋ねる。栄吉はかぶりを振った。

「誰だかさっぱりわからねえ。相生町の居酒屋で一杯やって帰るところだったんだが、ちょいと催しちまって、表通りじゃまずいからと、そこの稲荷の裏へ入《へえ》って立ち小便をしたら、終わったところでいきなり両側から摑まれて……」

栄吉は息をつきながら、どうにかあったことを話した。だが、どうも要領を得ない。

「稲荷の裏で立ち小便？　そんな罰当たりなことをしやがるから、お稲荷さんの使いに懲らしめられたんじゃねえのかい」

「ざけんじゃねえ、菊造め。てめえに言われる筋合いはねえや」

お美羽は菊造の腕をはたいて黙らせ、栄吉に傷がなさそうなのを確かめた。

「とにかく長屋へ帰りましょう。栄吉さん、立てるよね」

栄吉が「へい」と頷き、山際が手を貸して立たせた。今夜は、戸締りをしっかりしなくては。

栄吉の様子を見て驚いたお喜代には、追剝《おいはぎ》に遭ったところを山際さんに助けてもらった、と簡単に事情を話した。半分腰が抜けた菊造は、そのまま倒れるように家に入ってしまった。

なおも心配するお喜代を宥め、栄吉と山際は、お美羽の家に集まった。

「何だって。そんな危ないことになっていたのか」

話を聞いた欽兵衛は、仰天した。

「若い娘が、後先考えずにいきなり飛び出すなんて、どうかしている。怪我でもしたらどうするんだ」

顔を引き締めてお美羽を叱りつけてから、欽兵衛は畳に手をついた。

「娘と栄吉の危ないところを、誠にありがとうございました」

「いや、お美羽さんが大声を上げてくれたもので、それがはっきり聞こえてな」

山際はあくまで控え目である。

「それにしても山際さん、あの剣さばき。並みじゃありませんでしたよ。実は免許皆伝の腕前なんじゃありませんか」

お美羽が言うと、山際は困ったように頭を掻いた。

「そのようなことは……」

「いや山際さん、一振りで匕首を弾き飛ばすなんて、簡単にできることじゃないでしょう」

「そうですぜ。山際さんは剣術の方はさっぱり、って噂だったが、とんでもねえや。ただ者じゃありやせんね」

欽兵衛と栄吉にも言われて、山際は、仕方なさそうに溜息をついた。

「別に隠していたわけではないのだが……剣術はあまり好まぬので」

「それだけの腕をお持ちなのに、好きではないって、どうしてです」

お美羽はつい踏み込んでしまった。山際は、困惑顔のまま話した。

「藩の道場では、腕は悪くないが覇気がない、と言われた。相手を最後まで打ちのめす、という覚悟が見られない、というのだな」

「殺したり、傷つけたりはお嫌い、と」

「身を守るためなら致し方ないが。戦場《いくさば》では私のような者は役に立つまい。剣で出世する時代でもなし、そこで学問の方に精進した。泰平の世に生まれて良かったよ」

「山際さんは、お優しいんですね」

そう言ってからお美羽は、自分の頬がほんのり温かくなるのがわかった。山際は照れたように咳払いし、栄吉の方を向いた。

「財布は無事だし、物盗りではないようだな。心当たりはないのか」

「へい。恨まれるような覚えはねえし、さっぱり」

栄吉は言いながら小首を傾げる。

「強いて言やあ、松葉屋ですかねえ」

「けど、松葉屋が文句を付けてきてから、もうだいぶ経つじゃないか。今頃になって栄吉を襲うなんて、筋が通らない」

欽兵衛もまた、首を傾げた。

「しかも、刃物を使おうなんて。殺されるような事情はなかろうし、どういうつもりだったのか」

「いや、ちょっと待って」

お美羽は考えながら言った。

「あのとき、連中は私たちが駆け付けるのを見て、匕首を出したのよ。それまでは、懐にしまっていた」

「じゃあ、栄吉を刺すつもりはなかったと言うのかい」

「栄吉さんは、小便を終えてから襲われたって言ったでしょう。刺すなら、小便してる最中が、一番隙がある。そのときに背中からぶすりとやれば、逃げようがなかったでしょう」

「お美羽さんみたいな綺麗な娘さんに小便とか、ぶすりとか言われるとどうも落ち着かねえが、確かにそうだなあ」

栄吉は腕組みして、首を捻っている。

「私だって言いたかないけど、しょうがないじゃない。あいつらは、栄吉さんを殺そうとも傷つけようともしてなかったのよ」

「お美羽さん、なかなかよく物を見ているな」

山際が、感心したように言った。

「私もそう思う。少なくとも、あの場では」

「あの場では、と言われますと」

「不意を衝いて殺すなら一人で充分のところ、三人がかりだったのだ。袋叩きにするとか、脅しあげるといった様子もない。となれば、連れ去ろうとしたのではないか」

「俺を連れ去る？　どこへです」

栄吉が驚いて、山際を見る。

「それは、わからぬ」

「俺だって、黙って連れていかれる気はありやせんぜ」

「だから、三人もいたのだ。縛るか、殴って気絶させ、運ぼうとしたのだろう」

月明かりで見た三人の動き方を思い出してみると、お美羽も山際の言うのが正しいと思えた。

「明日になったら、お役人に知らせておきましょう」

欽兵衛が言うのに、山際も「それがよろしかろう」と賛同した。

「しかし誰が、どこへ、何のために。それがわからぬと、如何《いかん》ともし難いな。幸い、栄吉は外に出る類いの仕事ではないから、明日は家に籠っていた方がよかろう」

「へい、そうしやす。こうなると、女房子供も心配ですから」

栄吉は薄気味が悪いのか、神妙に頷いた。

次の朝である。長屋の連中が働きに出て行って、しばらく経った五ツ半過ぎ、木戸からどやどやと四人ばかりが入ってきた。お美羽と欽兵衛が出てみると、岡っ引きの喜十郎が、下っ引き二人を従えていた。残る一人は、一目でわかる八丁堀だ。

「これは八丁堀のお役人様。御役目ご苦労様でございます」

欽兵衛が進み出て、まず挨拶した。

「おう。北町の、青木《あおき》寛吾《かんご》だ。あんたが大家か」

じろりと欽兵衛を睨んだ青木は、痩せて眼光鋭く、油断ならぬ男と見えた。

「左様で。欽兵衛と申します。こちらから出向こうと思っておりましたところ、ちょうど良うございました」

「ちょうど良かった？　何かあったのか」

「はい。実は店子の一人が、昨夜襲われまして」

「ふむ。怪我でもしたか」

「いいえ、怪我はなかったのですが」

「そうか。じゃあ、後で聞く。今はこっちが先だ」

青木は十手を抜き、喜十郎に顎をしゃくった。喜十郎は頷き、下っ引き一人を裏に回らせると、真っ直ぐ栄吉の家に行った。

「おい、栄吉、いるか。御上の御用だ」

喜十郎が障子を叩くと、すぐに栄吉が顔を出した。

「こりゃあ、南六間堀の親分。朝から何事で」

「お前に聞きてえことがある。ちょいと番屋まで来てもらおう」

「え？　あっしにですか。昨夜のことで？」

昨夜、と聞いた途端に、喜十郎と青木の顔つきが、険しくなった。

「おう、そうとも。昨夜のことだ。やっぱりいろいろ知ってるようだな」

「知ってるというか、わけがわからねえうちに襲われたんで」

「襲われた？　何を言ってやがる。襲ったのはてめえじゃねえのか」

こう言われて、栄吉はすっかり当惑したようだ。

「いったい何の話です」

「何の？　昨夜、松葉屋の旦那と番頭の藤次郎が殺された一件に決まってるだろうが」

栄吉もお美羽も欽兵衛も、揃って「ええっ」と声を上げた。

「待って下さい。どこでそんなことが」

お美羽が聞くと、喜十郎は厳めしい表情を崩さず答えた。

「柳原町の北側、大横川《おおよこがわ》沿いの道だ。そこで二人、倒れてるのが見つかった」

その辺りは町家の連なりの一番端に近く、その北は武家屋敷、さらに奥は百姓地で、夜でなくとも寂しいところだ。そんなところへ、大店の主人が何をしに。

「駕籠にも乗らず、そんなところへ？」

「近くまで舟で行ったんだ。いつまで経っても戻らねえんで、船頭が様子を見に行ったら、死骸を見つけたってわけさ」

「おい、その辺にしておけ」

喋り過ぎと思ったか、青木が喜十郎を制した。それから、栄吉に向かって言った。

「いいか。お前にゃ、松葉屋殺しについて聞かなきゃならねえ。おとなしく一緒に来い」

「どうしてあっしが……」

「言いたいことは、番屋についてからにしろ」

青木は突き放すように言い、喜十郎が栄吉の腕を取った。

「おい、中を」

青木が指図し、下っ引きが栄吉の家に入った。

「お前さん、これ、どういうこと」

戸口に立って成り行きを見ていたお喜代が、栄太を抱いたまま追い出され、栄吉の袖を握った。

「いや、正直、俺にもよくわからねえ。だがまあ、心配するな。知っての通り、俺は何もやっちゃいねえ」

「けど、お前さん……」

家捜しは、あっという間に終わった。箪笥と布団と道具箱くらいしかないのだから、当然だ。下っ引き二人は、家から出ると、揃って首を横に振った。青木は、そうかと言って喜十郎に目を向ける。喜十郎は栄吉の背中を押した。

「お前さん！」

お喜代が泣きそうな顔になった。栄吉が、情けねえ顔をするな、と諭す。

「いいから、家に入ってろ。じきに帰るから」

半ば気休めのように言うと、栄吉はお喜代を押し戻した。

「お待ち下さい、青木様」

欽兵衛が、青木の前に立った。青木が顔を顰める。

「何だ」

「その、松葉屋さんが殺されたのは、何刻頃のことでございましょう」

「船頭の話じゃ、五ツ過ぎだが」

「五ツ半頃、この近くで栄吉は、三人の男に襲われました。一人は匕首を持っておりまして、どうもどこかへ連れ去られそうになったようで」

「何だと？」

青木が眉を上げた。

「さっきお前が言いかけたのは、そのことか。それを見た奴はいるのか」

「長屋の者が二人と、手前の娘が」

お美羽は、「確かに見ました」と言い添えた。

「ふむ」

青木は腕組みした。しばし考える様子だ。

「その話、詳しく聞かせてもらおう。後で来てくれ」

「承知いたしました」

欽兵衛が答えて頭を下げると、青木は十手で栄吉と喜十郎を促し、ひと塊になって長屋を出て行った。

「いったいこれ、どうなってるんでしょう」

お喜代が出てきて、どうしていいかわからない、という覚束ない顔で、お美羽に尋ねた。無論、お美羽にも答えはない。

「とにかく、昼からでもお父っつぁんと山際さんと一緒に、番屋に行ってきますから。あまり心配し過ぎないで」

お美羽に言えるのは、それが精一杯だった。

近くの番屋に出向いたのは、八ツ（午後二時）の鐘が鳴った後だった。お美羽と同行したのは、欽兵衛と山際。菊造は面倒事は御免だと、どこかへ消えてしまった。また昼間から飲んでいるのだろう。

行ってみると、栄吉は既に大番屋に移されていた。そちらに出向くと小半刻ほど待たされてから、青木が現れた。三人は一礼して、栄吉の様子を聞いた。

「まだお縄になったわけではない。今のところは」

青木は生真面目に言った。お美羽たちは、安堵の息を吐いた。

「昨夜見たことを、話してもらおうか」

青木の言葉を受けて、欽兵衛は、一部始終を見ていたお美羽に、話をするよう言った。お美羽は見たこと全てを、丁寧に話した。

「どうも妙な話だな」

聞き終えた青木は、眉根を寄せた。

「松葉屋殺しが五ツ過ぎ。栄吉が襲われたというのが五ツ半。出来過ぎだな。関わりがねえとは思えねえ」

「青木殿の言われる通り、この二つは繋がっておるように思います」

山際が言った。

「そもそも、栄吉はなぜ疑われているのです」

「こいつだ」

青木は懐から、小さな巾着袋を出して見せた。端切れで作ったような袋で、売り物ではなさそうだ。

「死骸の近くに落ちてた。栄吉のものだ。当人も認めた。女房が作ったらしい。このひと月の間になくしたと言ってるが、証しはねえ」

「ふうむ」

山際が、巾着袋をじっと見つめて首を捻った。

「名前が書いてあるようでもない。栄吉のもの、と初めにどうやってわかったのです」

「松葉屋の者に心当たりはないかと見せたところ、栄吉が根付など細かい細工の見本を入れて持ち歩くのに使っていた、と手代が覚えていた。女房の手作りなら、他に同じようなものはあるめえ」

「それが死骸の近くに落ちていた、と。少々あからさまに過ぎるようにも思えますが」

青木が、ふん、と鼻で嗤った。

「山際さん、栄吉を陥れる小細工、とでも言うつもりですかい。それなら、栄吉が襲われたって話もそうだ。襲われたのに、怪我もしてねえんだろ。三人を雇って、狂言を仕掛けたのかもしれねえ。五ツに松葉屋を殺しても、柳原から北森下町までは十六、七町だ。半刻もありゃ、充分行ける」

「左様、半刻あれば行ける。であれば、大掛かりな狂言などする意味はありますか」

　青木は、ニヤリとした。

「そうだな」

　あっさり同意したところを見ると、青木自身、狂言だとは思っていないようだ。

「栄吉を襲った連中は、殺すのではなく連れ去ろうとしていたように思えた。松葉屋殺しの罪を着せようとするなら、北森下町に殺しの痕跡を残すのはまずい。どこかへ運んで殺し、埋めてしまえば、栄吉が松葉屋を殺して身を隠したように見える。辻褄は合います」

「なるほどね」

　山際の話は充分筋が通っていると思えたが、青木は内心どうであれ、曖昧に応じた。

「あの、青木様。栄吉は襲われる前、相生町の居酒屋で飲んでいた、と言っていました。そうなら、大横川の方へ五ツに行けるはずはありません。そこはお調べになったのでしょうか」

　差し出がましいと叱られるのを覚悟で、お美羽は聞いた。青木はお美羽を睨んだが、声を荒らげることはなかった。

「調べた。だが店の者によると、いたように思うが、はっきり覚えてねえってことだ。昨夜は客が多かったようでな。栄吉は一人で飲んでいたから、証しを立ててくれる連れも相客も見つからねえ」

「左様でございますか……」

　お美羽は落胆した。今のところ、栄吉が無実だと明らかにできる証しはない。

「栄吉は、普段あまり一人で飲むようなことはないのですが。連れがいなかったことについて、何か言っておりましたか」

　欽兵衛が聞いた。

「それについちゃ、栄吉は小間物屋に誘われたと言ってる。昨日の昼、道で声をかけられ、仕事の話をしたいからあの居酒屋に今晩来てくれと言われたんで、その通りにして待ってたが、相手は現れなかったとな」

「どこの小間物屋です」

「岩本町《いわもとちょう》の駒屋《こまや》と名乗ったそうだが、そんな店はねえ」

「それでは……栄吉は騙されて誘い出されたうえ、帰り道を尾けられた。そういうことになりませんかな」

山際が言った。が、青木は簡単には与しない。

「一から十まで、栄吉の出まかせってこともあり得るぜ」

まさかそんな、とお美羽は言いたかったが、山際と青木が黙って睨み合う風なのを見て、口を閉ざした。やがて青木が、肩の力を抜くようにして言った。

「ま、話はわかった。確かに、おかしなところはある。だが、栄吉の疑いが晴れたわけじゃあねえ。しばらく大番屋に留め置いて調べを進めるから、そう承知しておいてくれ。今日は、ご苦労だった」

青木はそれで話を打ち切り、席を立った。

「せっかく山際さんにまで来ていただいたのに、うまくいかんもんですなあ」

大番屋を出た欽兵衛は、いかにも残念そうに言う。

「まあ、仕方ありません。決め手に欠けるのは、確かです。だが、それは向こうも同じこと」

山際は、自信ありげな言い方をした。

「と、言われますと」

「青木殿としても、証しが足りないと思っているのです。でなければ、とっくに栄吉に縄をかけているはず。どこか疑わしいところがあるのでしょう」

「だとよろしいのですが」

欽兵衛は半信半疑の態だ。お美羽は思い付いて、山際に言った。

「喜十郎親分の話を聞いてみましょう。もっと詳しいことをご存じのはずです」

「それがいいかもしれんな」

山際も頷いた。

喜十郎は、日が落ちる頃に摑まった。喜十郎はお美羽と山際を見て、困ったような顔をした。用向きが栄吉のこととわかっているからだ。避けようとするところを、袖を引いて居酒屋に誘った。少し高めの、いい店だ。喜十郎はしばらく逡巡したが、何度も引っ張ると、終いには誘いに乗った。酒好きなのである。

他の客に話を聞かれないよう、二階の座敷を頼んだ。それだとさらに高くつくが、惜しんではいられない。

「青木の旦那は、真面目だからなあ。他の旦那方なら、初めから栄吉をお縄にしてるだろうに、巾着袋一つで獄門にゃあできねえ、ってんだよ。どうも得心がいかねえらしいな」

徳利が一本空くと、喜十郎の口も徐々に軽くなった。あやふやな証拠で人を縛る役人は、珍しくない。火付盗賊改などは、特にそういう傾向があるので、江戸中の町人から嫌われている。栄吉は、どうやらいい役人に当たったようだ。

「栄吉さんが松葉屋と揉め事を起こしてたのは、青木様もご存じなんですよね」

「ああ。だが、半月以上もおとなしくしていて、どうして昨日なんだ、てえのがな。それに、殺しになるほどの揉め事じゃねえってこともある。手間賃を値切られたくらいで殺されたんじゃ、江戸の店の旦那衆の半分ほどはあの世行きだ」

「そりゃあ、もっともだ」

山際が笑う。

「他に松葉屋さんを殺すほど恨んでる人は、いないんですか」

お美羽が尋ねると、それよ、と喜十郎も身を乗り出す。

「いるさ。欲深だって専《もっぱ》らの評判だ。店を乗っ取られた奴もいる。嫌がらせを受けて、店を畳んだのもいる。あんたのとこの家主の寿々屋さんだって、大奥御用達を狙ってる松葉屋に、いろいろと悪さされてるんだろ。そうでしょ、山際さん」

「ああ、親分の耳にも入っていたか。しかしそれなら、まずそちらを調べるのが筋だろう。巾着袋は、栄吉に罪をなすりつけようという細工だ」

「へい、そうだと筋は通るんですがね。そうすると、巾着袋をどうやって手に入れたのかって話です。松葉屋に恨みのある連中は、単なる出入り職人の栄吉のことなんざ、知りゃあしやせんぜ」

「なるほど。罪をなすりつけるにしても、もっとふさわしい奴がいるはずだな」

実のある話が、だいぶ出てきた。お美羽は、喜十郎にせっせと酒を注いだ。そこで、少し気になっていることを聞いた。

「お登世さんの様子は、どうです」

「ああ、あのえらく別嬪のお内儀か。知らせに行ったのは俺じゃねえが、そりゃあ大変な驚きで、山際さん、何て言うんですかい、青天の……」

「青天の霹靂か」

「そう、そのヘキレキだ。気を失いそうになるところをみんなで支えて、って具合だったそうだ。まあ、旦那には普段辛く当たられてたって聞くが、殺しとなると、無理もねえやな」

　蒼白になるお登世の様子が目に浮かび、お美羽は心を痛めた。

「お内儀はこれからが大変だぜ。松葉屋の身代をどうしていくか。旦那と一番番頭が一ぺんに死んじまったんだから、お登世さんの肩にかかっちまう。手代が言うには、上得意はともかくとして、職人のことや仕入れ先との付き合いがまるでわかってねえらしいから、店がちゃんと回るのか、心配だってことだ」

　そうなのか。いきなり松葉屋を守るという仕事がのしかかっては、お登世さんも気の休まることがないだろう。つくづく巡り合わせが悪い。

「まあ、あれだけの器量良しだ。大店の次男坊や三男坊で婿入りしようって奴はいるだろうし、店を譲ってどこかの後添いに納まるって手もあるだろう。畜生、あと十年若けりゃ、俺だって手を挙げたのに」

そりゃあさすがに無理、と山際とお美羽は揃って首を振った。喜十郎は、ちぇっ、そう馬鹿にするねェ、などと言って、また一本を空けた。それから、また身を乗り出すと、急に声をひそめた。

「実はな、まだもう一つ、知られてねえ話があるんだ」

えっ、とばかりに山際とお美羽も額を寄せた。

「松葉屋の旦那はな、殺されたとき、七百両って金を店から持ち出してたんだ。そいつが、影も形もねえ」

「七百両、消えちまったんですか」

お美羽は目を剝いた。青木がいきなり栄吉の家捜しをさせた理由が、わかった。

「それじゃあ親分、その金を狙った物盗りの仕業じゃないのか」

山際が、当然の疑問を投げる。喜十郎は、いやいやと手を振った。

「旦那が七百両持っていったのは、店の二番番頭と手代の二人だけしか知らねえ。まあ、お登世さんも知ってたかもしれねえが、それはいい。その二人は、殺しのあったとき間違いなく店にいた。いきなりの話だったそうで、待ち伏せもできねえ。

たまたま追剥に遭ったってえなら、巾着袋のことが残っちまう」

「そうか。それもそうだな」

山際は納得したらしく、残念そうに言った。

「でも親分、その七百両、どこへ持っていくはずだったんですか。相手先は、そのことを知ってるでしょう」

「その相手が、途中で襲って金を盗って逃げた、てのかい。そいつは考えられる話だが、相手が何者か、皆目わからねえんだ」

「店の人も知らないと」

「ああ。知ってたのは旦那と、番頭の藤次郎の二人だけらしい。その二人が死んじまっちゃあな。帳面にさえ残してなかったんだ。よっぽど内緒にしておきてえ相手だったのかね」

「それこそ、怪しいじゃありませんか」

「怪しいって言やぁ怪しいが、今のところ捜しようがねえ」

喜十郎は肩を竦めて酒を呷った。喜十郎ほどには酒に強くない山際は、うつらうつらし始めている。さてどうしたものか、とお美羽は思った。このまま栄吉が小伝馬町に送られるのを、黙って見ているわけにはいかない。しかし、何をすればいいのか……。

六

次の習い事の帰り。今日は足を延ばして、評判の浅草《あさくさ》の菓子屋を試してみようと、お美羽はお千佳とおたみと連れ立って、両国橋を渡った。店は浅草駒形町《こまがたちょう》にあり、両国橋から十三町余り。さして遠くはない。

その菓子屋は、奥に茶店が設《しつら》えられ、選んだ菓子をそこでいただける。目当ての菓子は栗入りの金つばで、ほど良い餡の甘味に栗が落ち着きを加え、絶妙の味わいだった。

「美味しい。舌が踊り出しそう」

金つばをひと欠け、口に入れたおたみが目を細める。

「とろけるようなこの感じ。甘露の極みとでも言いましょうか」

お美羽が勿体をつけて言うと、お千佳が「大仰ね」と笑った。

「このお店にも、色とりどりの変わったお菓子があるけど、そういうのは見本の絵図帳を見て注文して、届けてもらうのよね。お大名や余程の大店でないと、なかなか口にできないけど、一ぺんでいいから食べてみたい」

　お千佳が残念そうに言う。

「そんなのを店先一杯に並べたら、奢侈の禁令がどうこうって、またうるさそう」

　お美羽が言うと、おたみが、はあっと息を吐いて天井を仰いだ。

「奢侈禁止令か……竹さま、どこでどうしているかしら」

　なんだ、扇之丞に乗り換えると言っていたのに、吹っ切れていないのか。お美羽は、くすっと笑って脇腹を小突いた。

「もう竹さまは忘れなさいって。それより、このお菓子を楽しみましょう」

　言われたおたみはすぐさま金つばに目を戻し、もうひと欠けを口に運ぶと、「うーん」と幸福そうな呻き声を漏らした。竹さまも、甘味には勝てないようだ。

　すっかり満足して、三人は御蔵前《おくらまえ》通りに出ると、南の両国の方へ向かった。この通りは、北に行くと浅草寺《せんそうじ》門前の広小路に繋がるため、いつも人通りが絶えない。

取りとめもないことをぺちゃくちゃと喋りながら、黒船町《くろふねちょう》辺りに来たとき、ふいにおたみが足を止めた。

「え？　どうかしたの」

お美羽が何事かと尋ねると、おたみは妙なものでも見たように、ぽかんとしている。もうひと言、かけようとしたとき、おたみは「間違いない」と呟き、いきなり身を翻して駆け出そうとした。

「ちょ、ちょっとおたみちゃん、何なのよいったい」

お美羽とお千佳は、びっくり仰天して追いかけようとした。が、五、六歩駆けたところで、おたみは止まった。

「あー、駄目だ。もうわかんない」

地団太を踏むようなおたみの様子に、お美羽とお千佳は顔を見合わせた。

「さっきの金つば、何か変わったもの入ってたっけか」

「竹さまよ、竹さま！」

唐突におたみが言った。「やっぱり変な薬草とか入ってたのかな」とお千佳が小声で言う。

「つい今しがた、竹さまとすれ違ったのよ」

「竹乃丞がこの通りを歩いてたって言うの」

お美羽が驚いて確かめると、おたみは力強く頷いた。

「そう。手拭いで頰かむりしてたし、もちろん舞台化粧じゃなく素のお顔だけど、見間違いじゃないと思う」

おたみは、西村座から出てきた竹乃丞を追い回したことがあり、化粧を落とした竹乃丞の素顔を見知っていた。

「所払いになったんじゃなかった？」

お千佳が怪訝な顔で聞く。

「そうだけど、あれは竹さまよ。戻ってきたのよ」

所払いになってから江戸市中に勝手に入れば、お咎めを受ける。だが、実際のところ見つからなければ構わないわけで、奉行所も忙しいから、いちいち取り締まってはいられない。そうやって時々江戸に戻っている所払いの連中は、少なからずいた。竹乃丞がたまたま江戸にいても、おかしくはない。

お美羽は、竹乃丞らしき男が去ったという、浅草寺の方角を見た。だが、雑踏の中で後ろ姿を見つけるのは、到底無理だ。

「少しやつれてたみたい。所払いになって、苦労なすってるに違いないわ」

おたみは気の毒そうに言うが、舞台に立てなくなって稼ぎの道を閉ざされたのだから、少しやつれる程度で済んでいるなら、めっけものだろう。

「追っかけてみたり、する？」

お千佳が、浅草寺の方を見ながらおたみに聞いた。おたみは、かぶりを振る。

「いい。そんなことしたら、竹さまにご迷惑だから」

お美羽は、そうだね、と言って、「もう行こうよ」と促した。おたみは未練を捨てるように、浅草寺に背を向けた。

それにしても、と歩き出してからお美羽は思った。竹乃丞は、こんなところで何をしていたんだろう。

両国広小路まで来たとき、思い立って松葉屋の様子を見ていくことにした。お登世がいれば、竹乃丞のことを気に病んでいたから、どうやら大丈夫そうだ、と言ってやれば安心するだろう。江戸市中にこっそり来ているらしい、とまで言ったら、却って心配するだろうか。

お千佳とおたみには、ちょっと用事がと言って別れ、柳原通りを西へ向かった。豊島町の松葉屋までは、五町足らずである。

松葉屋は、昇之助の初七日までは店を閉めていたが、今日は以前と同様の活気に見えた。お美羽は店に入ってみた。客は来ているが、よく見ると、品ぞろえがいくらか悪くなっているようだ。かつて流行った阿蘭陀風の小物などは、店先に見えない。仕入れなどは、うまく回っているのだろうか。

いらっしゃいませ、と出てきた手代に、買い物ではないのですがと断って、問うた。

「お内儀……おかみさんは、おられますか」

「主《あるじ》は出かけております。何かご用事でございましょうか」

それでは結構です、と断って、お美羽は店を出た。お登世も、今は松葉屋の女主人なのだ。まったくの素人だから、喜十郎が聞き込んだように苦労しているに違いないが、何とか店を切り盛りしようと走り回っているのだろう。あまり無理をしなければいいが、とお美羽は店を振り返って、思った。

次の日は、ちょっとした騒ぎがあった。入舟長屋に住む棒手振《ぼてふ》りが、表の通りで瓦屋の下働きとぶつかり、籠をぶつけられただの、瓦を当てられただの、他愛もないことで喧嘩になったのだ。しょっちゅうある話だが、通り合わせた喜十郎が仲裁に入って収めた。擦り傷を負った棒手振りを喜十郎が送ってきたので、お美羽は出かけている欽兵衛に代わって喜十郎を座敷に招じ、些少ですがとお礼に金包みを渡した。

「おう、こいつは済まねえな」

喜十郎は機嫌よく礼金を懐に入れると、少し声を低めた。

「例の松葉屋殺しの一件だがな」

お美羽と山際が関わったので、今どんな具合か教えてやろうというのだろう。もちろん、それに絡んで何か耳に入ったら、すぐ俺に教えろ、と釘を刺す意味合いもある。お美羽は少し身構えて聞いた。

「何か出ましたか」

「二番番頭が、いや、今は死んだ藤次郎に代わって一番に上がったんだったな。その番頭が、今まで言わなかったことをやっと口にしたんだ」

「内緒ごとがあったんですね」

「ああ。松葉屋が殺されるひと月ほど前から、店に身分の高そうな侍が、二、三度出入りしてたそうだ。応対したのは昇之助と藤次郎の二人だけで、何の用事で来てたのかは、他の連中には一切話がなかったんだと」

「へえ、それは小間物の買い付けに来ていたわけじゃ、なさそうですね」

喜十郎が膝を打った。

「そうよ。だから他の番頭や手代も、何かあるって勘繰ってな。もしかして、店に傷がつくような話だったら大変と、今まで黙ってたのさ。けど、いつまでも隠せるもんじゃねえや」

「そう言えば……松葉屋は、寿々屋さんを追い落として、大奥御用達になろうと動いてたんでしたね。旦那が殺されて、沙汰止みになったでしょうけど」

お美羽の頭が回り出した。

「もしかすると、その身分の高いお侍というのは、大奥御用達に関わるお方では。あ、そうすると、誰も相手先を知らないというあの七百両、そのための袖の下じゃあ……」

「おっとっと、そこまでだ」

喜十郎が眉を上げ、お美羽の話を止めた。

「まいったな。青木の旦那も同じ見立てだよ。あんた、大家の手伝いなんかやらせとくのは勿体ねえぐらい、頭が切れるな」

喜十郎は、本気で感心しているようだ。お美羽は照れ笑いした。

「いやだ。変な持ち上げ方しないで下さいな。頭の働きなら、山際さんの方がよっぽど」

「まあ、あの先生は確かに学があるからな。おい、この話、誰にもするんじゃねえぞ」

「わかってますよ。御城のお偉方が絡んでるなんてことになったら、うっかり口に出せませんもの」

「だから、それを言うなってんだ」

「青木様も大変ですねえ。真面目なお方、ってことですから、ずいぶんとお悩みでしょう」

「余計な心配をするんじゃねえ。ま、その通りなんだが」

「困りましたね……あ、そうだ。昨日、竹乃丞を見ましたよ。浅草で」

「何、西村座の竹乃丞か。あいつ、江戸所払いになったってのに、何してやがるんだ。御上を馬鹿にしやがって」

喜十郎は、憤然とした。お縄になるとき自分が関わった相手だけに、一層腹立たしいのだろう。

「浅草のどこだい。昨日のいつ頃だ」

「八ツ半過ぎくらいかな。黒船町の辺りで、御蔵前通りを浅草寺の方へ歩いてました。はっきり見たのは私じゃないですが、竹乃丞の贔屓だった友達が、間違いないと言ってますから」

「御蔵前通りを北へ？　野郎、どこへ行こうとしてたんだ」

「行きか帰りかも、わかりませんよ」

「あんな方に、縁はねえと思うが。座元のところへ、とかいうならわかるがな」

「西村座の座元って、西村座に住んでるんでしょう。そんなとこへ竹乃丞が行ったら、見知った人も多いでしょうし、すぐわかっちまうじゃないですか」

「ああ、そりゃそうだ。会うにしても、どっか他所でだな」

浅草界隈で座元と会ってたのかな、などと喜十郎はぶつぶつ言っている。

「座元って、どんな人なんです」

「うん、あそこの座元は代々、西村久右エ門と言ってな。今で五代目だ。元は富沢《とみざわ》町《ちょう》にあったんだが、先代のとき、火事で焼けちまって、今の場所に移ったんだ」

お美羽は、竹乃丞がお縄になったとき、小屋の表で詫び口上を述べていた紋付き羽織の男を思い出していた。

「当分芝居ができないようじゃ、座元も大変ですよねえ」

「看板役者の竹乃丞始め、役者が十人も引っ立てられちまったからな。まあほとんどは過料で済むだろうが、御上にすっかり目を付けられてるんで、もう駄目かもな」

そういう噂は流れているが、喜十郎の口からも出るということは、本当に西村座は終わってしまうのかもしれない。

「使えそうな役者は、順番に引き抜かれてるらしいぜ。西村座は前から、中村座《なかむらざ》や市村座に押されて元気がなかったからな。竹乃丞のおかげでちっとは持ち直してたんだが、久右エ門のところにゃ、役者を引き止めるだけの金もねえようだ」

「役者の人たちだって、興行がないんじゃ食べていけませんものね」

「そうなんだよ。まあ役者連中にも、真面目な奴もいりゃあ癖の悪いのもいる。芝居が上手けりゃあ、少々難のある奴でも他所から声はかかるが、癖は悪い上に芝居はそこそこ、てぇ按配じゃ、あぶれる奴も出てくるさ」

「そんな人たちは、どうするんでしょう」

さっさと見切りをつけるしかあるめえ、と喜十郎は言う。「現に、竹乃丞の下にいた侍役が得意な奴で、ちいっと身持ちの悪いのが早々に姿を消してる。おおかた、小屋が潰れそうだってんで、博打の借金の取り立てに遭ったんじゃねえかな」

「世知辛いですね」

「仕方ねえさ。それに、小屋の地代だって、興行を打たなきゃ払いようがねえ。小屋そのものも、いつまで保つかなあ」

左前になっていたのが、今度のことで止《とど》めをさされた格好らしい。

「派手な生業《なりわい》だが、それだけに転ぶのも早ぇってことか」

喜十郎はしみじみと言って、お美羽の淹れた茶を啜った。

喜十郎が帰ると、入れ違いに手習い稽古を終えた山際が帰ってきた。お美羽は、井戸の横で鉢合わせた。

「あ、山際さん、お帰りなさい」

「やあお美羽さん。今そこで喜十郎親分を見かけたが、ここに寄ったのかな」

「ええ、さっき。ちょっと喧嘩騒ぎでお世話になりまして。あ、松葉屋の一件でも、話をしていかれましたよ」

「ほう。何かわかったのかな」

山際は、興味を引かれたようだ。

「そうなんです。あの、よ、よろしかったらお茶でもお淹れしましょうか」

欽兵衛はまだしばらく戻らない。お美羽は、思い切って誘ってみた。

「それはかたじけない。では、お邪魔する」

山際は、ごく気軽に応じた。洗濯物を片付けていたおかみさん二人が、こちらを見て訳知り顔に笑うのを尻目に、お美羽はいそいそと山際を座敷に上げた。

茶を出して向き合って座ると、二人きり、ということで、何だか落ち着かない。

さすがに障子は開けてあった。長屋のおかみさんが覗いてやしないかと、ついちらちら見てしまう。

「さて、喜十郎親分の話とは」

茶に一度口を付けてから、山際が改まって言った。

「はい、松葉屋が持って出たという七百両ですけど、身分のありそうなお侍が関わっているのでは、と」

お美羽は、先ほどの喜十郎の話を余さず伝えた。喜十郎からは外へは言うな、と釘を刺されていたが、山際は既にこの一件に深く関わっている。身内、と考えて差し支えあるまい。

「ふむ……大奥御用達に関わる賂《まいない》か」

一通り話を聞いた山際は、難しい顔で腕組みした。

「もし本当にそうなら、青木殿も気苦労されるであろう。しかし、賂を渡しに行った、というなら、昇之助と藤次郎が店の他の者に教えなかったのも、得心がいく。そういう闇の話は、知る者が少ないほどいい」

「七百両のことを誰も知らなかったなら、下手人が殺しの後でお金に気付いて、行きがけの駄賃に持ち去ったんでしょうか」

　そうは言ってみたが、偶然にしては七百両は大き過ぎる気がする。

「ひょっとして……松葉屋に雇われていた、両国の銀蔵の手下が賂のことを盗み聞きして、襲ったんでは」

「それなら、松葉屋に顔を知られていない奴を使って、追剝をさせればいい。賂であれば、奪われても訴え出にくいからな。松葉屋は銀蔵にとって金づるだ。殺したりはするまい」

　もっともだ。浅知恵だったか、とお美羽は恥ずかしくなった。

「七百両を受け取るはずだったお侍、とはどういうお方なんでしょうね」

　話の向きを変えてみた。そうだな、と山際が思案する。

「大奥の諸事を取り扱う御役目、というと、御留守居《おるすい》だな。五千石の御旗本だ。その下に御広敷向《おひろしきむき》の役人がいて、この役人が出入りの商人の取り扱いをする。大奥御用達の鑑札は、ここで出していると思うが、私も詳しくはわからぬ」

　一介の藩士では御城内へ入れなかったのでな、と山際は自嘲するように笑った。

「では、そのおふろしき……いえ、御広敷……向とやらのお役人なんでしょうか、松葉屋へ来たというのは」

どうも舌を噛みそうな御役名だ。山際は、首を傾げた。

「さて、どうであろう。そういう役人が白昼堂々と松葉屋に出入りするというのは、あからさま過ぎるような気がするが」

「七百両も懐にされるんなら、だいぶお偉いお方かと思いましたが」

「うーん、大奥御用達の賂として、多いのか少ないのかは何とも言えぬが。確かに、御広敷向に詰めている役人の禄高は、知れたものだ。お美羽さんの言うように、過分だろうな」

山際は、いいところを衝くな、というように笑みを向けた。お美羽は、ちょっと気を良くする。

「そうだ。松葉屋が殺されたのは柳原の北、大横川沿いであったな。近くで舟を下りたのだから、行く先はあの辺りだ」

山際は、絵図はないか、と尋ねた。お美羽はすぐに立って、江戸市中の大絵図を出し、目の前に広げた。山際はその上に屈み込み、殺しのあった場所を探した。

「ああ、この辺だな」

山際は竪川と大横川が十文字に交差するところの、少し上の方を指で叩いた。

「大名家の下屋敷と、大身旗本の屋敷が多いな。あとは百姓地がところどころ。御《お》徒組《かちぐみ》の大縄地《おおなわち》（御家人の集合居住地）もあるが、大奥に関わる役人はいそうにない。いたとしても、大縄地では自分の家に商人を呼んで賂を受け取ったら、すぐ隣家に知れるだろうし」

山際は一人で呟いているが、言う意味はわかった。

「つまり、賂を持って行けそうな御屋敷は、その近くにないのですね」

お美羽の言葉に、山際は頷いた。

「どうもそのようだ。なぜこんなところに、松葉屋は来たのか」

「そこへ来るように呼ばれた、ということでしょうね」

それからほんの少しの間、二人は絵図を見つめ、黙って考え込んでいた。そして、ほぼ同時に顔を上げた。

「もしかして、松葉屋は……」

「嵌められた」

互いの思うところが、重なった。

「でも、いったい誰が」

「それはわからぬ。主な狙いが殺しであったなら、そこまで手間をかける必要があったのか。金が狙いなら、殺す必要があったのか。まだまだ、わからぬことが多過ぎる」

山際の言う通りだ。この一件、疑問は次々と増えるのに、答えに至ったものはまだほとんどない。

「松葉屋殺しにお侍まで関わっているなんて。どこまで奥が深いんでしょう」

溜息交じりにお美羽が言うと、思いがけない答えが返ってきた。

「その侍だが……賂のことが全て罠だったとしたら、本物の侍とは限らぬぞ」

「え、偽者かもしれないと」

山際は、まだ考えがまとまらないらしく、しきりに首を動かしている。

「うむ。例えば、だが……」

山際は何かを思い出したようだ。

「喜十郎の話に出た、行方がわからなくなっている西村座の役者、侍役が得意と言っていなかったか」

七

「ねえねえお美羽さん、本当に楽屋に行くの」

おたみは、まだためらいがあるようで、しきりにお美羽の袖を引いた。

「いいじゃないの。扇之丞さまの贔屓になるんなら、ちゃんと挨拶しておけば」

「いや、あの、余程のお金持ちならともかく、普通そういうことしないと思うけど」

「思い切りが悪いなあ。もうそこ、楽屋だよ」

お美羽はおたみを引きずるようにして、暖簾に手をかけた。

「あの、ちょっと。困ります」

市村座の若衆が、二人を止めた。

「扇之丞さまにこれをお渡ししようと。これからずっと贔屓にさせていただきますので」

お美羽は袱紗に包んだ桐箱を、両手で捧げ持った。若衆は、困った顔をする。こういう風に贈り物を持って楽屋に押しかける娘は、数多くいるのだろう。

「手前の方でお預かりし、必ず扇之丞にお渡しさせていただきますので」

若衆は右手でお美羽たちを押しとどめ、左手で箱を受け取ろうとする。

「いえ、せっかく参ったのですから、せめてご挨拶……」

お美羽が粘ると、横合いから違う声が響いた。

「ちょっと、抜け駆けは卑怯よ。扇之丞さまは、私がねえ」

声に振り向くと、見知らぬ十六、七の娘がお美羽とおたみを睨みつけていた。そばかすの浮いた顔は十人並みの器量だが、着ている振袖は明らかに相当高価なもので、日本橋界隈の大店の娘に違いなかった。

「ああ、これは井筒屋《いづつや》のお嬢様、いつもご贔屓に。ですが、こちらは……」

「そっちのあなた、私はもう半年も前から贔屓なの。邪魔しないでくれる」

井筒屋の娘は、若衆は眼中にない様子で、お美羽たちに嚙みついた。お美羽は内心で苦笑し、まあまあと宥めかけたが、後ろに控えていたおたみは、対抗心に火が点いたようだ。

「古けりゃいいってもんじゃないでしょ。扇之丞さまの贔屓は私も同じ。邪魔とか言われる筋合いはないわよ」

「言ってくれるじゃないの。私はねえ、扇之丞さまのために、今までどれだけ……」

間に挟まれた若衆は、どっちの味方もできずに双方を手で抑えている。そこへ、後ろから駆け寄ってきた地味な感じの娘が、井筒屋の娘の袖を引いた。

「お嬢様、今日のところはもうおよしになって……さあ、帰りましょう」

お付きで来ていた、井筒屋の下女に違いない。井筒屋の娘は、振り向いて下女をきっと睨んだ。

「あんたは口を出さないで。私はこれから……」

下女と一緒に娘を送り出そうとして、若衆の注意が逸れた。その隙に、お美羽とおたみは脇をすり抜け、楽屋に飛び込んだ。若衆と井筒屋の娘が何やら喚くのを尻目に、舞台化粧もそのままに鬘《かつら》を外したばかりの扇之丞の前へ、ぺたんと座る。

「おや、これはどちら様で……」

気圧《けお》されたように目を瞬《しばたた》く扇之丞に、お美羽とおたみは名乗りを上げて、これから贔屓させていただきますので、ご挨拶に、と畳に手をついた。

「こちらは、そのおしるしに。どうぞお収めください」

お美羽は袱紗を解いて桐箱を差し出す。蓋を取ると、栄吉作の螺鈿細工を吸口に施した、贅沢な煙管である。奢侈禁止令に引っ掛かるか、ぎりぎりのところだ。扇之丞は、ほう、と感嘆の声を漏らした。

「これは見事なお品。ありがとうございます。謹んで、使わせていただきます」

扇之丞は、丁重に礼を述べた。その姿を、おたみがうっとりと眺めている。ふと背後を見やれば、先ほどの若衆が井筒屋の娘を何とか抑えたのか、戻ってきていた。こちらを睨んでいたが、この様子では引きずり出すわけにもいかないと諦めたらしく、渋い表情を浮かべた顔を引っ込めた。

少し落ち着けたので、ひとしきり舞台を褒めた。こういう話であれば、おたみはいつにも増して舌の回りが良くなる。扇之丞も、満更ではないようだ。

「そこまでご覧いただければ、役者冥利につきるというもの。これからも精進いたしますので、末永くよろしくお願い申し上げます」

扇之丞は、いかにも嬉しげに言った。多少は演技が入っているかもしれないが、どうやら素直な好漢のようだ。おたみは、すっかり舞い上がっている。

「それにしても、西村座さんは残念なことでしたねえ」

ここへ来た真の用向きを忘れそうになり、お美羽は話を変えた。

「はい、誠に。百年続いた由緒ある芝居小屋が、あのような形で唐突に終わってしまうとしたら、これ以上残念なことはございません」

商売敵、というのではなく、同業のものとして落胆している旨、扇之丞は語った。

「琴弾竹乃丞様も、時に先達として手本とし、時に切磋琢磨する間柄でございましたのに。江戸所払いとは、本当にお気の毒で」

「あれ以来、一度もお姿を？」

「はい、お見かけしておりません。どちらでどうなされていますことやら」

嘘ではないだろう。竹乃丞は、江戸へ戻っても芝居小屋へ近付いてはいまい。

「そう言えば、こちらにも西村座から移られた役者の方が何人かおられるとか」

「はい、三人ほど。ちょうど今、あちらに一人おります」

扇之丞は奥を向いて、「新十郎《しんじゅうろう》」と呼んだ。奥に数人固まっていた中の一人が、「はい」と返事して立ち、こちらにやって来た。

「呉竹《くれたけ》新十郎でございます。どうぞお見知りおきを」

新十郎は、お美羽たちの前に座って一礼した。

「いろいろとご苦労なさいましたでしょう」

一通り挨拶してから問うと、新十郎は肩を落とした。

「西村座も、散り散りになってしまいまして。幸い私は、こちらで拾い上げていただきましたので、この御恩に報いるため、なお一層、芝居に精進してまいります」

扇之丞より若いくらいに見えるが、しっかりした受け答えだ。化粧は落としているが、女形らしく仕草に妖艶さが垣間見える。これは将来、芽が出るかもしれない。贔屓してあげてもいいかな、とお美羽は目を細める。

「他の方々は」

「中村座に四人、森田座《もりたざ》に二人。芝居から離れてしまった者もおります」

「竹乃丞さんの他にもお一人、行方のわからない方がおられると聞きましたが」

それを聞くと、新十郎の顔に影が差した。

「そういう者もおりますが……その話、どこでお聞きに」

その答えは、一応用意してある。

「私の遠縁で、その人の贔屓、というほどではありませんが、気にしていた者がおりまして。いなくなったと聞いて、少なからず心配を。それで、もしお噂でもあればと思いまして」

「ああ、そうでございますか。千之介《せんのすけ》さんにも、気遣って下さるお客様がおられたんですね」

その役者の名は、千之介というようだ。新十郎の言葉には、安堵したような困ったような、妙な響きがあった。

「芝居は、おやめになったんでしょうか」

「さあ、それが……」

新十郎の目が、下を向く。扇之丞は事情を知らないようで、怪訝そうな顔で見ている。

「知っているなら、話して差し上げたら」

扇之丞に言われて、新十郎はやっと口を開いた。

「千之介さんは、もともと身持ちがあまり良くありませんで。賭場などへよく出入りし、稽古に身が入らないこともありましたので、度々座長や座元に叱られていました。今は、芝居の方は投げ出したようで、住まいもわかりません。賭場にはまだ出入りしているようですが、この先どうなることとやら」

扇之丞は話を聞いて、ああ、そういうことかと首を振った。

「毎年何人かは、芯が弱くて潰れてしまう者が出ます。千之介は、西村座のことが追い打ちをかけたんでしょう。恐らく、もう戻っては来ますまい。せっかくお気遣いいただいた遠縁のお方には、申し訳ございませんが、どうかそのようにお伝えください」

これで聞くべきことは聞けた。もうしばらく四方山《よもやま》話をした後、お美羽は礼を言い、まだぽうっと上気したままのおたみを連れて、市村座を後にした。


「賭場へ行く？　本気で言ってるのか」

お美羽から考えを聞いた山際は、呆れてものが言えない、という顔になった。

「どこに住んでいるかわからない以上、それが一番確かだと思いまして」

「一番確かって、なぜそうまでするんだ。これまでのことは青木殿か喜十郎親分に話して、後は町方役人に任せておけばいいだろう」

「でも、千之介が殺しに絡んでるかも、って話は、私たちがそう思っただけで何の証しもありませんよ。まず、本当に関わっているかどうか確かめないと、お役人は動いてくれないでしょう」

間違ってはいないので、山際も「それはそうかもしれんが」と歯切れが悪い。

「その場で千之介を捕まえようとして揉めたら、賭場の連中が黙っておるまい」

「その場で捕まえたりなんかしませんよ。尾けるか待ち伏せるか、外でやりましょう」

「まるでお美羽さん自身が役人のようだな」

お美羽に引き摺られていると思ってか、山際は顔を顰めた。

「それに、山際さんが付いていて下すったら、何があっても大丈夫でしょう。あのお腕前なんですから」

「軽々しく当てにしてもらっても困る。賭場がいったいどうなっているのか……」

山際はますます困惑顔で語尾を濁す。そこでお美羽は気が付いた。

「あの、もしかして山際さん、賭場は」

「行ったことがない」

お美羽も山際も不案内では具合が悪いので、先達として菊造を連れていくことにした。押し切られた山際は、菊造とお美羽だけで行かせるよりはと、不承不承、首を縦に振った。

菊造は山際以上に驚いていたが、銭はお美羽が用意すると聞いて、すぐ承知した。

「しかし物好きというか何というか。何でそこまでするんだい」

菊造も、山際と同じように聞いてきた。

「栄吉さんの疑いは、まだ晴れたわけじゃない。早く何とかしてあげたいの」

もちろん、それだけでは理由にならない。中途半端で放り出せない、というお美羽の性分、お登世への同情など、いろいろある。そして何より、山際と一緒に謎めいた一件に挑めるのが、楽しいのだ。これはさすがに、口に出しては言えないが。

菊造は、まあいいですがね、と不得要領に頷いた。

「しかし、いかにもちゃんとしたところのお嬢さん、て格好じゃあ、ねえ」

なるほど。ふさわしい格好、というのは確かにあるだろう。

千之介がよく出入りしていた賭場は、新十郎から聞いていた。本所の北にある法《ほう》賢寺《けんじ》という寺だ。家から着替えて出るわけにいかなかったので、着替えは古着屋ですることにして、山際たちとは閉めている西村座の脇で待ち合わせた。

「うへえ、こいつはたまげた」

現れたお美羽を一目見て、菊造が声を上げた。山際の方は、呆然として声も出ないようだ。

「こんなもんでどうです。思い切り、伝法にしたつもりですけど」

お美羽は普段の島田を解き、結い上げずに後ろに垂らした「洗い髪」にして、着物は牡丹を散らした黒地の江戸褄を一着に及んでいる。

「ちょいとくだけた深川芸者みてぇだな。上出来だ。賭場の客が、みんな惚れちまわなきゃいいが」

菊造は軽口を叩いているが、山際は言葉も出せずに、目をあちこち動かしている。

「欽兵衛さんが見たら、何と言うか」

ようやくそれだけ口にした。お美羽は苦笑する。

「見せられるもんですか。卒倒しちゃうわ」

とにかく、日も暮れてきたからさっさと行きましょう、とお美羽は二人を急かし、前に立って歩き出した。

法賢寺に着く頃には、だいぶ暗くなっていた。本堂で蠟燭の灯がちらちらしているのが見える。その前に、賭場の若い衆らしいのが二人、張り番に立っていた。

「ちょいと遊ばせてもらうぜ」

菊造が言うと、若い衆の一人が「こちらへ」と三人を案内した。一旦本堂に入り、ご本尊の裏から階段で下に降りる。そこは本堂の半分ほどの広さの板の間で、燭台が幾つも置かれ、真ん中に敷かれた畳を二十人ほどの男たちが囲んでいた。

お美羽たちが入っていくと、そこにいた連中の視線が、一斉にお美羽に向けられた。お美羽の背に、緊張が走った。

「どうしてみんな、私を見るの」

小声で菊造に尋ねてみる。

「あんたがこんな場所に珍しい別嬪だからに決まってるじゃねえか」

ふむ。そう言われると、悪い気はしない。却って腹が据わってきた。

「壺振りはわかるな。その横に座ってるのが中盆で、この場を仕切る。その横でどっかり構えてるのが、代貸だ。ここの大将だな。そこへ行って、金をその木の札、コマ札って奴に換える」

菊造が囁き声で、手短に説明した。三人は代貸の前に出た。

「初顔だね。ゆっくり遊んでってくれ」

代貸はお美羽の出した一朱銀二枚をコマ札に換え、口元で愛想笑いをした。お美羽は「どうも」と軽く頭を下げ、緊張を悟られないよう立ち上がった。客たちが詰め合わせ、お美羽たちの場所を空けてくれた。

「では、よござんすね。入ります」

座が落ち着いたのを見計らい、中盆が勝負を再開した。もろ肌脱ぎの壺振りが、流れるような手さばきでサイコロを笊に入れ、盆茣蓙《ぼんござ》と言うらしい畳の上に伏せた。

お美羽はその隙のない動きを、感心して見つめた。

「さあ張った」

中盆が両手を広げ、促す。そう言われても、張り方がわからない。横目で菊造が、「半」と告げてコマ札を差し出したのを見て、それに倣った。

「丁方ないか、半方ないか」

中盆が座を見渡し、さらに声をかける。山際は張らずに、刀を置いて胡坐をかいている。周りには、自分たちはどう映っているだろう、とお美羽は思った。どこかの姐御が、手下と用心棒兼情夫を連れて遊びに来た、という風だろうか。何だか顔が火照る。

「コマ揃いました。勝負」

中盆の一声で、壺振りがぱっと笊を上げる。

「二ゾロの、丁」

あら、負けちゃった。菊造をちらりと見る。ま、しょうがねえやという顔だ。勝負はたった今、始まったばかりだ。

次は、菊造は丁に張った。お美羽はどうしようかと思ったが、菊造と毎度同じというのも芸がないので、「半」と言ってコマ札を出した。

「勝負」「四五の半」

今度は勝った。菊造は続けて負けたので、舌打ちした。うん、これ、結構面白いかも。

結局、半刻近く張り続け、業を煮やしたらしい山際につつかれて、我に返った。客は既に、五人ほど入れ替わっている。お美羽は頷き、コマ札をまとめて代貸のところへ持って行った。

「もうお帰りですかい」

「ええ。充分楽しませてもらいました。悪くないわね」

「そいつはどうも。またご贔屓に願いやすぜ」

コマ札を金に戻して代貸の横に控える若い衆から受け取り、お美羽はようやく本題に入った。

「ところで、一つお聞きしたいことが」

代貸の顔が、僅かに強張った。

「何かね」

「千之介って役者崩れが、ここに出入りしてるって小耳に挟んだんですが」

「千之介？　そういう名前は、知らねえな」

「年は二十五。西村座にいて、この前の竹乃丞の騒ぎであぶれた男だ」

山際が付け足す。それで代貸は、思い当たったようだ。

「ああ、あいつか」

代貸は、お美羽たちに鋭い目を向ける。

「それを聞いて、どうなさるんで」

「ちょいと落し前を付けさせたいことが、ありましてね」

お美羽は立膝をして、ぐいと顔を前に出した。山際が、びっくりしたような顔でお美羽を見る。こんな言い方をするとは、思っていなかったのだろう。菊造は、後ろで小さくなった。

「ほう、落し前とは」

代貸は、面白がるような顔になった。

「あたしの妹分に、恥をかかせやがったのさ」

口から出まかせだったが、代貸はよくある男女のもつれ、千之介なら女を騙すくらいやりかねない、と納得したようだ。

「なるほど」

代貸は、薄笑いを浮かべた。

「余計な騒ぎは、御免蒙りやすぜ」

「あんたたちには、面倒をかけん。居場所がわかれば、こっちでカタを付ける」

山際が、横から言った。代貸は、返事をしない。若い衆は、成り行きによっては叩きだそうと身構えている。お美羽の心の臓は、早鐘を打った。

「ま、こんな別嬪の頼みとあっちゃァな。それにこちらのご浪人は、相当な腕のようだ」

さすがに代貸は場数を踏んでいるのだろう、山際の腕を見抜いた。お美羽は、ほっとした。

「奴のヤサは、知らねえ。だが、ここには十日に一度くらい来てる。今日は来ねえだろうが、明日あたり来るだろう。だいたいいつも、六ツ半頃だ」

「有難い。助かりました」

お美羽は笑みを浮かべ、立ち上がった。代貸は、軽く頷いた。

「やれやれ、胆《きも》が冷えたぜ」

菊造は法賢寺を出ると、大きく安堵の息を吐いた。

「だらしないなあ。揉め事にはならないって、言ったでしょ」

お美羽が小馬鹿にしたように言うと、菊造は「いやいや」と首を振った。

「お美羽さん、すげえ度胸だ。あの賭場にいても、すっかり馴染んでたぜ」

そうだろうか。張っている間は、夢中になっていたかも。

「意外に面白かったなぁ。博打に嵌る人の気持ちが、何となくわかりますね」

「おいおい、冗談じゃないぞ。お美羽さんが博打に入れあげたら、欽兵衛さんに何と言えばいいんだ」

山際が顔色を変えたので、お美羽は笑った。

「だから冗談ですってば。おかげでいい話が聞けたじゃないですか。明日、六ツ半頃にこの辺りで待ち伏せすれば、千之介を摑まえられますよ」

「だが、私たちは千之介の顔を知らんぞ」

「あ、そうか」

新十郎にここまで来てもらって、面通しするか。でも、納得してもらえるだけの話が作れるだろうか。

「まあここの賭場には、二十五、六の役者風の顔立ちのいい男が他に出入りしてい

ると は思えねえから、見当はつくだろうが」

　菊造は首を傾げている。人違いだけは避けたいが……。

「そうだ。松葉屋の手代を連れて来たらどうでしょう」

「松葉屋の手代？　どうして」

　言いかけた山際は、「そうか」と手を打った。

「手代が千之介を、店に来た侍だと見分ければ、奴が侍に化けて松葉屋を騙していたことが明らかになる。一石二鳥だ」

　菊造は、まだ首を傾げたままだ。

「けど山際さん、手代に何て言って連れて来るんです」

「難しく考えなくとも、怪しい奴がいるので面通しを頼むと言って、少し金を握らせれば来るんじゃないか」

　山際が言うと、菊造は「うん、そうかもしれやせんね」と頷いた。

「金と言やァお美羽さん、賭場では勝ったのかい」

「ええ。勘定してみたら、菊造さんの負けを取り戻した上に、二百文ほど上乗せを」

「えっ、そんなに勝ってたのか。じゃあ、店賃の方も……」

「調子に乗らないで。今日の手間賃として、今月の店賃の足らない分はまけてあげるけど、それ以上は駄目だからね」

ちぇっ、相変わらず厳しいなと菊造がぼやく。

「でも、私って博打の才があるのかしら」

またそんなことを、と山際は苦笑するが、菊造は、違えねえぜと持ち上げる。

「お美羽さんみたいな別嬪が、あの賭場に出入りして、頼まれて壺振りでもやってみねぇ。寺の表に、毎晩行列ができるぜ」

何言ってんの、と菊造の尻を叩いたが、片肌脱ぎになって壺を振る自分の姿を想像して、お美羽はつい顔が熱くなった。


翌晩、六ツ半。お美羽たちは法賢寺から一町ほどの、武家屋敷の塀の陰に潜んでいた。法賢寺の賭場に出入りする者は、西から来る場合も東から来る場合も、ここを通らなくてはならない。その場所には大きなクスノキがあり、御神木か何かのようで、囲いがしてあった。武家屋敷の塀はその木を避けるように凹んでいるため、身を隠すのにちょうどいい。

「すっかり暗くなりましたねえ。顔がわかりますかねえ」

市助《いちすけ》という松葉屋の手代は、心配げに言った。その点については、お美羽もあまりよく考えていなかった。漠然と、月明かりか道端の灯籠などでわかるだろうと思っていたのに、灯籠はなく、月も雲に隠れている。

「駄目なら駄目で、仕方あるまい。とにかく待とう」

山際が言ったので、市助は自信なげに「はあ」と応じた。

今日の昼、松葉屋から使いに出た市助を、お美羽と山際が呼び止めた。昇之助と藤次郎を殺した下手人は、松葉屋を訪ねていた侍と関わりがあるらしい、と匂わせ、青木の指図で動いているように装ったのだ。

話を聞いた市助は、自分もあの侍については、思い当たるところがある、と言い出した。言葉つきが大仰に聞こえたこと、店先で待っていた伴の小者が、ひと言も口を利かなかったこと、などだ。そのときは変に思わなかったのだが、お美羽たちの話を聞いてみると、やはり怪しい。

一通り話をするうちに、市助はすっかりその気になっていた。最後の一押しで手間賃一朱を約束し、暮れ六ツに店が閉まると同時に、この場へ駆け付けさせたのである。

「市助さんでも気付いたのに、主人の昇之助も番頭の藤次郎も、あのお侍を怪しいと思わなかったんでしょうか」

お美羽は不審に思って山際に言ってみた。

「大奥御用達を求めて動き回っているところへ、うまい話を持って来たのなら、渡りに船と思ったのではないかな。期待が大きいほど、人は見たいものしか見なくなるものだ」

確かに一理ある。欲のため、目が曇っていたのか。

「静かに」

山際が小声で注意を促した。少し先、大川沿いの方から提灯が近付いてくる。あれが千之介だとすると、お美羽には少し意外だった。提灯の蠟燭は、一本で十文くらいする。仕事を失った千之介が、気軽にそういうものを使うとは思わなかったのだ。しかしそれを言うなら、度々賭場に通う元手は、どこから得ているのだろう。

提灯がだいぶ近くまで来た。持っているのは、若い男らしい。山際が催促するように市助の顔を見る。市助はじっと提灯の男に目を向けているが、まだ何も言わない。提灯の光が、顔まで充分届いていないのだ。

提灯の前を横切って、何かが走る気配があった。あっと思って身構えると、黒い小さな影が塀の上へ駆けのぼり、にゃあ、と鳴いた。何だ猫か、とほっとしたとき、提灯が猫の姿を確かめるように上げられ、男の顔が浮かび上がった。いかにも役者然とした、整った容貌だ。その顔を凝視した市助が、小さく頷いたように見えた。

三人は、提灯が通り過ぎるのを身じろぎもせずに待った。やがて提灯は、築地塀《ついじべい》の角を曲がって見えなくなった。

「どうだ」

そこで初めて、山際が市助に聞いた。

「似てますね。七割がた、あのお侍だと思います」

「七割か」

「髷の形が変わっていますし、夜ですから」

さすがに、間違いないと断じることは無理なようだ。それでも七割がた似ていると言うなら、喜十郎や青木を動かすには足りるだろう。山際は市助の肩を叩き、ご苦労だったと労いの言葉をかけた。

八

そのまま待って、千之介が賭場を出てから跡を尾け、住まいを確かめようと思ったが、山際に「それには及ぶまい」と止められた。千之介が侍に扮して松葉屋を騙した疑いが濃くなったため、後は喜十郎たちに任せればいい、と言うのだ。確かに、このまま千之介を待って尾ければ、帰るまでに夜四ツ（午後十時）を過ぎて木戸が閉まってしまう。お美羽も、仕方ないかと承知した。

翌日、お美羽と山際は喜十郎の家まで出向き、これまでにわかったことを話した。

「何、お美羽さんが賭場まで行ったって」山際さん、止めなきゃ駄目でしょうが」

喜十郎は呆れて、しきりに煙草をふかした。山際は、面目ないと頭を掻いている。

「それは私が、どうしてもって押し切ったんですから。でもおかげで、千之介が浮かび上がってきたんですよ」

ふうむ、と喜十郎が唸る。

「確かに、これだけ話が揃って、松葉屋の市助もそう言うんじゃ、叩いてみねえ手はねえな」

喜十郎は、下っ引きの二人を呼んだ。

「お前たち、北本所の法賢寺の賭場、知ってるか」

一人が、知ってやすと答えた。

「あそこの貸元は、荒井町《あらいちょう》の権蔵《ごんぞう》親分とツルんでるって聞きやした」

「権蔵か。よし、あいつに聞きゃあ、千之介のことを知ってるかもしれねえ。俺から言いつかったと、話を聞いて来い。賭場に面倒事を持ち込まれるのは、あいつらも嫌なはずだ」

権蔵というのは、あの界隈の岡っ引きらしい。十手を使って賭場が厄介なことにならないよう動き、幾らか貰っているのだろう。下っ引きたちは、承知しやしたと言って出て行った。

「ま、今日中には何かわかるだろう。千之介のヤサが割れたら、青木の旦那に話してしょっ引く。それでいいな」

「よろしくお願いしますね」

そうは言っても、と喜十郎は渋面を作って見せる。

「若い娘が岡っ引きの真似事たァ、感心しねえな」

喜十郎は、お美羽と山際に交互に目をやりながら、何やら含み笑いをした。お美羽は、本心を見透かされているようで落ち着かない。

「欽兵衛さんには、内緒にしといてやるよ」

「すいません。ありがとうございます」

お美羽は愛想笑いと共に頭を下げた。喜十郎が、ふんと肩を竦める。

「どうせだから、あんたらの考えを聞こう。下っ端役者の千之介が、自分の考えで松葉屋を嵌めるとは、とても思えねえ。糸を引いてるのは、誰だと思う」

「竹乃丞、ではないかな」

山際がすぐに言った。既に考えてあったようだ。

「竹乃丞は松葉屋のせいで江戸を追われ、舞台に立てなくなった。恨み骨髄だろう。お登世さんとの仲を邪推されて、というなら、尚更だ」

「仲の良かった修太郎さんが、松葉屋に意匠を盗まれた揚句、体を壊して死ぬ羽目になった、ということもあります。もし竹乃丞がお登世さんに惚れていたとしたら、もっと恨みを積み重ねたでしょうね」

「だとすりゃ、七百両は竹乃丞と千之介の懐に入ったわけだな」

「二人とも、金には困っていたろうから。松葉屋から金を奪って恨みを晴らしたとすれば、充分頷ける」

「ああ。筋は通るな」

山際とお美羽の話を聞いて、喜十郎も賛同の意を漏らした。その上で、喜十郎は「だがな」と続けた。

「竹乃丞は、松葉屋が大奥御用達になるためあちこちに手を回してた、ってことを知ってたのかねえ」

「そりゃあ、寿々屋を始め、いろんな場所で囁かれていた話だからな。竹乃丞の耳にも入っただろう」

「ふん。それと、栄吉のことはどうなんだ。罪を被せられそうな相手だと、竹乃丞に知る機会があったのか。もう一つ、栄吉を襲った奴は竹乃丞が雇ったのか。あいつにそんな伝手があったって話は、浮かんでねえぜ」

「それは……私たちには、わからん」

山際は降参した。喜十郎は少しの間、思案顔になったが、「まあいい」と煙管で煙草盆を叩いた。

「細かいことは、千之介を叩いてみてからだ。うまく運べば、竹乃丞も引っ張れるかもしれねえ。そうすりゃ、この一件もおおよそ片が付くだろう」

喜十郎は、後は任せろと請け合った。


喜十郎の言った通り、その日のうちに千之介の居場所は割れた。

「仕事もしてねえのに金遣いが荒いようなんで、権蔵の奴もちっと目を付けてたらしい。殺しに関わったようだと聞いて、権蔵は自分が先に気付いてりゃ手柄にできたのに、と口惜しがってたよ」

「それで、どこに住んでたんです」

「あの野郎、下谷《したや》で水茶屋の女の家に転がり込んでやがった。やっぱり役者だけに、女をたらし込むのはお手の物だな」

喜十郎は、不愉快そうに言った。すぐ青木に知らせ、宵の口に踏み込むと、千之介はさして抗いもせずにしょっ引かれたそうだ。

「で、今日は朝から市助と番頭を呼んで、改めて面通しさせた。朝方の明るい中で見たら、二人とも例の侍に間違いねえ、ってはっきり言い切ったぜ」

「それじゃあ、千之介も言い逃れはできませんね」

「今んとこはまだ、知らねえとか見間違いだとか言ってやがるが、一緒にいた女の方は、奴が不相応な大金を持ってるのを見てる。脇の甘い奴だぜ。もう一押しで崩れるだろう」

喜十郎は鼻息荒く言ってから、お美羽に笑みを向けた。

「この一件、あんたと山際さんにゃ世話になった。で、礼と言っちゃあ何だが、青木の旦那からちょいと頂いたんでな。今晩、飯でも奢るぜ」

「まあ、親分が御馳走してくれるんですか」

喜十郎がこんなことを言うのは珍しい。千之介を捕らえたことで青木に褒められ、小遣いをたっぷりもらったのだろう。ならば、遠慮することはない。

その晩、お美羽と山際は、松井町《まついちょう》にある喜十郎の馴染みの居酒屋で、喜十郎と車座になった。

「まあ山際さん、まずは一杯」

　喜十郎が徳利を差し出し、山際は「かたじけない」と盃で受けた。

「親分から馳走になるとは思わなかった。で、千之介は吐いたのか」

「へい。面は割れてるんだと脅しあげてやったら、白状しやしたよ。やっぱり、竹乃丞の入れ知恵でさァ。図々しくも、御老中の用人だと名乗りやがったそうで」

「御留守居は御老中の配下だ。御老中の用人が大奥御用達に口を利いてやる、と持ちかけるのは、理にかなっているな」

「松葉屋はあちこちに付け届けをして、大奥に口を利いてやるというお人から声がかかるのを、今か今かと待ってたらしい。そこへこの話だ。ようやく来たか、と一も二もなく飛び付いちまったんだな。山際さんの言った通りでさぁ。千之介自身、思ったより簡単に運んだなんて吐かしやがる」

「七百両は、やはり千之介が賂として求めたんだな」

「千之介が言うには、千両じゃ多過ぎるし五百両じゃ物足りねえしで、七百と言ってみたら松葉屋は二つ返事で受けた。で、竹乃丞と謀って、柳原町の奥に内々で使っている別邸があるからそこへ持って来い、と言っておいて、大横川沿いの人気のないところで、後ろからいきなり襲ったんでさ」

「七百両は、竹乃丞と山分けか」

「千之介が貰ったのは、百両だったそうですがね」

「六対一か。竹乃丞も強欲だな」

山際は慨嘆して、盃を干した。

「これで栄吉さん、家に帰れますね」

お美羽が念を押すように言うと、喜十郎は「そうとも」と言ってお美羽にも酒を注いだ。

「明日にでも帰すさ。青木の旦那でなけりゃ、さっさと小伝馬町へ送られてるとこだったが、栄吉は運がいいぜ」

正しくは不幸中の幸い、と言うべきだろう。そこで喜十郎は気になることを言った。

「その栄吉についてだがな。千之介は、栄吉が襲われたことなんざ、知らねえと言ってる」

「自分の仕業じゃないと言うんですか」

「それどころか、栄吉なんて奴は知らねえとさ。確かに千之介は、栄吉と直に顔を合わせたことなんかねえだろうから、そういう指図を竹乃丞から受けてなけりゃ、襲ったりはしねえだろうさ」

「じゃ、竹乃丞が他の誰かを使ったんでしょうか。竹乃丞が取った六百両の中から、その連中に金を払ったんじゃ」

「まあ、そうかもしれねえが」

ここで急に、喜十郎の歯切れが悪くなった。

「正直、この栄吉が襲われたことだけが、うまくはまらねえんだよな。これを除けば、松葉屋を恨んだ竹乃丞が千之介を使って、金を奪ったうえ始末した、ってことできれいに収まるんだが」

そう言ってから、喜十郎は改めてお美羽と山際を真っ直ぐ見据えた。

「どうだい。あんたらに考えはねえか。青木の旦那も、下手人として千之介をお縄にできたんで手柄にはなったが、どうもここんとこだけ、奥歯に物が挟まったようで気に入らねえんだとさ」

なあんだ、そういうことかとお美羽は内心で苦笑した。お美羽たちのおかげで手柄になった喜十郎が味を占め、残った謎もお美羽たちに解かせて、点数を稼ごうというわけだ。今夜の馳走も、それがためらしい。

「そんなの、竹乃丞を捕まえて吐かせればいいじゃありませんか」

「もっともだが、竹乃丞が見つからねえ。お美羽さん、浅草で見かけたと言ったろ。奴の居場所について、どう思う」

「その話をしたとき、親分が座元のところかなって言ってたでしょう。座元には、聞いてみたんですか」

「聞いてはみた。そんなこと知るか、って、けんもほろろだった」

「座元は、自分の商売を潰した御上には今も怒ってるだろう。叩き出されずに済んで、よかったな」

山際が、皮肉っぽく笑った。

「ま、竹乃丞についちゃ関八州にも御手配書を回すってことですから、おっつけ捕まるでしょうがね」

「どうかな。竹乃丞も、江戸所払いの最中に江戸で殺しを企んだとあっては、間違いなく獄門だ。そう簡単に尻尾は出さないだろう」

それじゃ困るんですがね、と喜十郎は、徳利を持ったまま渋い顔をした。

翌日、栄吉が戻ってきた。お美羽からお喜代には、前夜のうちに話はしてあったが、それでも栄吉の姿を見るなり、お喜代は押し倒さんばかりの勢いで縋りついて、泣き始めた。

「良かったぁ……お前さん、ほんと良かったぁ……」

しゃくりあげながら、お喜代は切れ切れに繰り返した。栄吉の方が、逆にうろたえていた。

「な、何だよ。何もやってねえんだから、じきに帰れるって言っただろうが。人目が、お前……」

長屋のおかみさんたちも出てきて、良かった、栄吉さんが悪いことするはずがない、まして殺しだなんて、などと口々に言い合った。お美羽に気付くと、栄吉とお喜代は、揃って深々と頭を下げた。

「ご心配おかけしやした。喜十郎親分から聞きやしたが、山際さんと一緒に、ひとかたならぬ骨折りをして下すったそうで、御礼の申しようもござんせん」

「そんな、頭を上げて下さいな。大家が店子を心配するのは、当たり前じゃありませんか。何もしてないのにしょっ引かれたんじゃ、そりゃあ放っておけませんよ」

　山際への下心があったなどとおくびにも出さず、お美羽は気にするなとばかりに言った。

「いやあ大変だったねえ。今日のところは、邪魔しないから家でゆっくりしなさい」

　お美羽の後ろから欽兵衛が出てきて、目を細めた。栄吉は長屋の一同に改めて礼を述べ、お喜代と一緒に久々に自分の家に入った。欽兵衛は、自分を差し置いて山際たちと何をやっていたんだ、とでも言いたそうに、お美羽を睨んでから踵を返した。お美羽は胸の内で舌を出しながら、欽兵衛の後について家に戻った。

　栄吉には聞きたいことがまだ幾つもあったが、欽兵衛の目があるし、しばらくは家族水入らずにしてやりたかったので、夕刻近くまで待った。欽兵衛が六間堀のご隠居のところに将棋を指しに行った後、お美羽は栄吉を訪ねた。

「お美羽さん、本当にお世話になりまして」

　栄吉は正座して、畳に手をついた。

「まあ、そんな仰々しいことはもうやめて」

　お美羽は笑って手を振り、上がり框に腰を下ろすと、千之介がお縄になるまでの経緯を、かいつまんで話した。栄吉とお喜代は、感心して聞き入った。

「へえ、大したもんだ。その辺の岡っ引きよりずっと頼りになりますね」

　栄吉の言葉は、世辞ではないようだ。

「そんなこと言うと、喜十郎親分のご機嫌を損ねますよ。それでね、竹乃丞のことを聞きたいんだけど」

　お美羽は、栄吉と竹乃丞の間に何か関わりがなかったか、確かめた。

「いいや、竹乃丞には会ったこともねえ」

　案の定、栄吉はすぐにそう返事したが、少し間を置いて付け足した。

「会おうとしたことはありやすがね」

「会おうとした？　会いに行ったの。何の用で」

　それは初耳だ。聞き返す声に思わず力が入る。

「ほら、松葉屋の噂を聞き込んでたとき、修太郎が竹乃丞に阿蘭陀風の煙管を使ってもらって、それが当りを取った、てぇ話をしたでしょう。松葉屋はその修太郎の意匠を盗んだらしいってこともね。で、俺ァその逆をやってやれねえか、と思ったんで」

「逆って言うと……ははあ、松葉屋で値切られた細工物を、竹乃丞に舞台で使ってもらえないか、って考えたわけね」

「お前さん、それ、あたしも聞いてないよ」

お喜代が不満そうに口を出した。

「こいつは俺の仕事の話だ。いいから黙って聞いてろよ」

栄吉はお喜代の文句を封じて、先を続けた。

「で、竹乃丞にその話を持ちかけようと思って、西村座に行ったんでさぁ。そうしたら、座元が出てきましてね、阿蘭陀風煙管が当たって以来、二匹目の泥鰌《どじょう》を狙ってそういう話を持ち込む手合いは多いが、いちいち聞くわけにはいかねえ、引き取ってくれ、って言うんです。考えてみりゃ、修太郎はもともと竹乃丞の知り合いだったが、俺にはそんな伝手はねえ。すごすごと引き上げた次第で」

「考えることはみんな同じってわけね。じゃ、竹乃丞には会えずじまいだったのね」

いかか」

「竹乃丞はそのすぐ後でお縄になったんだから、巻き込まれなくて良かったじゃないか」

お喜代が、慰めとも揶揄ともつかない言葉をかけた。

「ほんとね。竹乃丞のところへ行ったのは、それ一度きり？」

「誓って、それっきりです」

「そこで、松葉屋と揉め事を起こした話は、出したの」

「え？　さあ、それは……すいやせん、覚えてねえや」

栄吉は頭を掻き、お喜代に「しっかりしなよ」と背中を叩かれた。夫婦は、すっかり元通りになっている。お美羽はその様子を見て、心から安堵した。

さて、これはどう考えたものか。栄吉の家を出て、お美羽は首を捻った。直に会っていないとはいえ、竹乃丞は座元から栄吉の話を聞いたかもしれない。栄吉がそのとき、松葉屋と揉めたことを漏らしていたら、それも聞いたかもしれない。いずれとも、断じかねた。

これはやはり、竹乃丞本人に聞くよりあるまい。お美羽は考えるのを諦め、青木と喜十郎たちが竹乃丞をお縄にするのを待つことにした。だが、その機会はとうとう巡ってこなかった。

二日後のことである。お美羽が習い事に行く用意をしていたとき、表から自分を呼ばわる声が聞こえた。おたみだ。誘いに来たとしたら、少し早い。が、その声は金切り声に近く、到底只事とは思えなかった。

急いで表の戸を開けると、おたみが文字通り転がり込んできたので、お美羽は度肝を抜かれた。

「ちょ、ちょっとおたみちゃん、何事よ」

手を取って起こしてみると、おたみの顔は泣き喚いたようにくしゃくしゃで、化粧が流れかけている。

「たっ、大変……大変なの……」

嗚咽混じりに繰り返すが、何が大変なのかわからない。地面が揺れていないから地震でもないし、半鐘が鳴らないから火事でもない。

「しっかりしてよ。いったい何がどうなって」

「竹さまよ！」

え？　ここで竹乃丞の名が出るとは思わなかった。

「竹乃丞が、どうしたの。お縄になったの」

「ち、違う、竹さまが……」

ここでおたみはごくりと唾を飲み込み、一気に叫んだ。

「竹さまが、大川に浮いてるのよ！」

九

両国橋から北へ、大川の東岸を少し遡った横網町《よこあみちょう》の堤に、人垣ができていた。おたみに引っ張られてお美羽が駆け付けたとき、大八車に乗せられ、筵《むしろ》を被せられた亡骸が、ちょうど運び出されるところだった。取り囲んだ野次馬には、女が多い。年恰好は、様々だ。話を聞いて駆け付けた、竹乃丞の贔屓だった人たちに違いない。

「ああ、竹さま……」

おたみを含む大勢が、袖で顔を覆った。百人近い女たちが悄然として俯き、涙を流しながら大八車を見送る光景は、一種異様だった。

「見世物ではない。下がれ」

亡骸に追いすがろうとする人垣を、役人と小者たちが押しとどめる。お美羽は、その中に青木の姿を見つけた。ならばと見回すと、やはり喜十郎もいた。

「喜十郎親分」

お美羽は近付いて袖を引き、小声で呼んだ。喜十郎が気付いて眉を上げた。

「竹乃丞に間違いないんですか」

「ああ、間違いねえ。向こう岸、たぶん花川戸《はなかわど》か今戸《いまど》辺りから流れてきたんじゃねえかな」

お美羽は、前に竹乃丞を見た浅草黒船町が、花川戸の方へ抜ける道筋だったのを思い出した。喜十郎は目を見て、お美羽の考えを読んだらしい。「詳しい話は、今晩だ」と言い置いて、その場を離れた。

お美羽は、おたみのところへ戻った。おたみは目を泣きはらしたまま、未だに呆然としている。今日はどうやら、習い事どころではなさそうだ。

その晩、夕餉を終えてから、お美羽は「ちょっと出て来ます」と言って外に出た。

欽兵衛が待ちなさい、どこへと後ろから言うのを、聞こえないふりでやり過ごし、山際に声をかけると南六間堀町へ向かった。

「おう、そろそろ来ると思ったぜ」

喜十郎は、二人を待っていたようだ。卓代わりの火鉢を挟んで、対座した。

「竹乃丞は、いったいどうなったんです。身投げですか、殺しですか」

勢い込んで尋ねると、喜十郎が手で制した。

「そう慌てなさんな。奴の体を調べたが、これといっておかしなところはねえ。傷はあるが、そいつは流されて杭や石にぶつかってできたもんだ。溺れ死んだのは、間違いなさそうだな」

「八丁堀の見立ては」

山際が聞くと、予想通りの答えが返ってきた。

「身投げでさぁ。千之介がお縄になり、逃げ切れねえと覚悟した。人気役者でしたからねえ。獄門で醜態をさらすのは、どうしても避けたかったんじゃねえですか」

役者にふさわしい最期、というわけか。確かに、芝居がかった死に様と言えなくもない。

「自死らしいって証しは、他にもあるんだ。花川戸を調べたら、昨夜、あそこの嶋《しま》渡屋《とや》って船宿が竹乃丞に舟を出してた。酒を用意させて、一人で乗って行ったんだ」

「一人きりでか。しかし、船頭は付いてたんだろう」

「それがね、大川の上手をひと回りして、花川戸に戻ってきたんだが、船宿の三、四町手前で岸に寄せさせて、ここでしばらく一人で飲みたいから、外してくれって船頭に言ったんですよ。船頭は困ったが、酒手をはずまれたんで、言う通りにして岸に上がったそうです」

「船頭は、帰ってしまったのか」

「いや、舟を放っておくわけにいかないんで、一刻余りしてから戻ったんですが、そのときは竹乃丞の姿はなかったそうで」

「じゃあ、その間に身投げしたんですね。船頭さんは、そのときに気付いて番屋に知らせなかったんですか」

お美羽が言うと、喜十郎は頷いた。

「船賃は前払いされてたからな。何か事情があって、一人になりたいんだろうと思って、騒ぎにはしなかったんだとさ。女と待ち合わせて、どこかの宿へしけ込んだってことも考えられたしな。船宿の客には、いろいろあるから」

船宿としては、あまり詮索をしないのがいいらしい。今度はそれが裏目に出たが。

「舟の中にゃ、空の徳利が七、八本も並んでた。今生の別れにたっぷり飲んで、度胸をつけたうえで身を投げた、そんなところだろう」

「船宿では、竹乃丞だと気付かなかったんですか」

「ああ。奴は、近江屋竹兵衛《おうみやたけべえ》と名乗って舟を借りてた。嶋渡屋では初めてだったらしいが、船宿は使い慣れてるように見えたとさ。専ら舟で女と逢瀬を楽しんでたんじゃねえか。船宿の連中は口が堅ぇから、そういう話は言わねえがな」

それなら、船宿は竹乃丞だと気付いたとしても、客の事情を慮って、あくまで名乗った通りの近江屋竹兵衛として扱っただろう。今となっては、確かめようもないが。

「そう言や、栄吉と竹乃丞の間の関わりは、やっぱり見つからなかったかい」

今度は喜十郎の方から聞いてきた。

「ええ、聞いてはみたんですがね。西村座に会いに行ったことはあるそうなんですけど、結局会えなかったって」

　お美羽は、一昨日栄吉から聞いた話をした。喜十郎は、残念そうに溜息をつく。

「竹乃丞が死んじまっちゃ、確かめようもねえ。この一件、これで幕引きだな」

　言ってから、喜十郎は山際が腕組みして考え込んでいるのに気付き、声をかけた。

「何か気になりやすかい」

「何か、と言われると困るが。どうも都合良く運んでるような気がしてな」

「都合良くって、誰にとってです」

「そいつはわからんが……なあ親分、この一件、役者しかやったことのない竹乃丞が仕組んだにしちゃ、手が込み過ぎてるように思わんか」

「手が込み過ぎ、ですかい」

　喜十郎は眉根に皺を寄せた。

「千之介にはここまでの企みは無理だ、というんで竹乃丞が仕組んだんだろうってことになり、私も一時はそう思った。現に千之介もそう言っているわけだが、老中の用人に扮して罠を仕掛けるとは、並みの思い付きじゃあない。もっと世知《せち》に長け、事情をよく知った誰かが、裏にいそうな気がしてならんのだが」

お美羽は、驚いて山際の顔を見た。その顔は、真剣そのものだ。

「じゃあ山際さんは、その誰かが身投げに見せかけて、竹乃丞の口を塞いだとおっしゃるんですか」

「あくまで、あり得なくはない、というぐらいの話だが」

山際も、まだ考えがまとまっていないようだ。

「そいつは、ちっとばかり考え過ぎじゃねえですかい」

喜十郎の目付きは、頭の良過ぎる人は、これだから面倒だ、とでも言いたげだった。


数日経って、お美羽は欽兵衛と一緒に寿々屋を訪れた。挨拶を兼ねた月締めの報告で、普段は欽兵衛一人だが、三度に一度くらいはお美羽も伴をする。欽兵衛の意図は、なかなかいい話がまとまらないお美羽の縁談を、折々で寿々屋にお願いしておく、ということのようだ。

そんなわけで、お美羽は欽兵衛にうるさく言われ、萌黄の江戸褄に市松模様を入れた紺色の帯を吉弥結びにと、めかし込んでいた。

頭の片方で、堅苦しいところの縁談なら今さら願い下げなんだけど、と思いつつ、お美羽はもう片方で山際のことを思っている。山際はなかなかの男ぶりなのに、なぜか浮いた話はないようだ。これは神仏のお導きではなかろうか、などと勝手に考え、勝手に赤くなる。

何をやってるんだろう、と自分で恥ずかしくなった頃、相生町の寿々屋に着いた。案内を頼もうとしたとき、店から番頭風の供を連れた女の客が出てきた。ふと目が合う。

「あ」

二人同時に、声を上げた。相手は、松葉屋のお登世だった。

「お美羽さん、でしたね。先日はありがとうございました」

お登世は丁寧に頭を下げ、番頭もそれに倣った。

「こちらこそ、いろいろと伺って失礼いたしました。お店の方は、如何でしょう」

「はい、慣れないことであちこちにご迷惑をおかけしておりますが、皆様方にお引き立てをいただき、何とかやっております」

お登世は、暗い陰が消えたせいか、以前にもまして美しくなっていた。だが一方で疲れも見え、大店を守っていく苦労が感じとれた。

「こちら、松葉屋のご主人、お登世さんです」

欽兵衛が怪訝な顔をしているので、紹介した。欽兵衛は「ああ」と笑みを浮かべ、

「このたびは、いろいろと大変でございましたですねえ。私どもでお力になれることでしたら、何なりと」と挨拶した。

お登世は「ありがとうございます」と腰を折り、「本日はこれで失礼いたします」と告げ、ゆっくりとした足取りで去って行った。

「評判通り、綺麗なお人だなあ」

欽兵衛はお美羽と並んで、感心したように呟きながら後ろ姿を見送った。そこへ壮助が、「お待たせしました、どうぞ奥へ」と呼びに来た。


奥の座敷に通され、主人の宇吉郎に挨拶を述べた。宇吉郎は今年でもう五十六になり、すっかり白髪頭になっている。その一方、まだ楽隠居の気配もなく、先頭に立って店を切り回していた。

欽兵衛は、入舟長屋ほか貸し出している家作について、前月の収支や住人の様子

を、要領よく話した。帳面の大方はお美羽がまとめたものだが、説明は欽兵衛の方が上手い。宇吉郎は満足し、帳面の写しを受け取った。

「今月もよくやっていただいたようで、ご苦労様です」

「恐れ入ります」

欽兵衛とお美羽は、揃って頭を下げた。

「お美羽さんは、今年二十一におなりでしたかな」

「左様でございます」

「ますます見目麗しさが増しておいでだ。近々に、必ずいいお話を探してまいりますから、どうか楽しみになすって下さい」

これは、ここに挨拶に来るたび、決まり文句のように交わされる言葉だった。実際には、なかなかいい話は転がっていないと、双方ともに承知している。却って気詰まりなので、お美羽は話を変えた。

「先ほど、松葉屋のお登世さんにお目にかかりました。こちらにお越しだったのですね」

「はい、商いに関わる話で」

欽兵衛も、お登世の美貌を思い浮かべるような顔つきで話に加わった。

「亡くなった方をこのように申すのは何でございますが、前のご主人はいささかご評判が……お登世さんが主となられまして、松葉屋さんも上向きでございますか」

欽兵衛は何気なく言ったようだが、宇吉郎は答えに逡巡した。おや、と思って様子を見ると、宇吉郎は小さな溜息と共に話し始めた。

「あまりこうした話はしにくいのですが……何しろお登世さんは商家の出でもなく、商いは素人同然。惑われることも多いようで、順風満帆というわけにはまいりませんようで」

「では、商いのお話というのは、そのご相談に」

商売敵である寿々屋に相談となれば、恥を忍んで教えを乞うか、あるいは……。

「ここだけの話にしていただきたいのですが、お登世さんはお店の引き受け手を探して、自らは身を引かれるお考えのようです」

ああ、やはりお登世には荷が重かったのか。お美羽は残念な気持ちになった。

「寿々屋さんは、松葉屋さんをお引き受けになるので」

寿々屋を追い落とそうと画策していた松葉屋が、寿々屋に身売りする。宇吉郎にとっては、痛快なことに違いない。が、宇吉郎はそんなことは顔に出さず、慎重に言った。

「まだわかりません。恐らくは他の同業のお店にも、内々で感触を探りに行かれているのでは、と思います。急がず、少し時をかけて考えてみねば、と」

「そうでございましょうなあ。引き受けるとなると、奉公人のことやら何やら、考えねばならぬことが多々、ございますからなあ」

欽兵衛は、もっともらしく相槌を打ってみせる。老獪な宇吉郎は、曖昧に微笑んだ。


「えっ、また私も楽屋へ行くの」

市村座の楽屋前で、おたみに引き摺られながらお美羽が言った。おたみは、片手で拝む仕草をする。

「そう言わないで、お願い。一人だったら足が震えちゃって」

どうしても扇之丞さまにもう一度、というわけで付き合わされているのだが、お美羽自身は別段扇之丞に興味はない。だからおたみも、嫉妬の心配なく安心して頼れるのだろうが。お美羽としても、最初におたみを楽屋に引っ張って行ったのは自分なのだから、断れなかった。

「今日は私たちだけみたいね」

この前のように、どこかの大店の娘と先陣争いをする心配はなさそうだ。お美羽とおたみは若衆たちの様子を窺い、連中が誰か上の者に呼ばれた隙に、ささっと走り抜けて楽屋に入った。

「おや、これはおたみ様にお美羽様。またのお越し、ありがとうございます」

扇之丞は満面の笑みで二人を迎えた。

「お邪魔ではなかったかしら」

「とんでもない。いずれ菖蒲《あやめ》か杜若《かきつばた》、というお美しいお嬢様お二人にご贔屓いただけるなど、この扇之丞、誠に果報者でございます」

歯の浮くような台詞だが、おたみはうっとりとしている。真に受けてどうするんだ。

「どうぞ、こちらをよろしければ、お使いになって」

おたみは桐箱を差し出した。この前と同様、栄吉の作で、煙管と対になる煙草入れだ。扇之丞は、大げさではないかと思うほど感激してみせた。おたみは、気に入っていただけて良かったと、心から喜んでいる。先日、竹乃丞の亡骸を見送って、この世の終わりの如く嘆き悲しんでいたのと同一人であるとは、とても思えない。

「おいでなさいませ。本日もありがとうございます」

新十郎も、挨拶に出てきた。

「ああ、新十郎さん。竹乃丞さんは、大変なことになってしまいましたねえ」

移り気なおたみを揶揄してやろうという気もあって、わざとその話を出した。案の定、おたみはびくっとした。

「はい。身投げ、と聞いています。巷では、松葉屋さん殺しの疑いがかかっていたと皆が噂しておりますが」

「どうも、本当にそうらしいです」

このことに関しては未だ半信半疑のおたみは、居心地悪そうに身じろぎした。

「であれば、竹乃丞も自死という形を選び、醜態をさらさないことで役者としての一分を通した、とも言えましょう」

「ええ、そうかもしれませんね」

「一人で舟を借り、末期《まつご》の酒を楽しんで現世《うつしよ》に別れを告げる。不謹慎かもしれませんが、出来の良い一幕芝居のようにさえ思えます」

役者仲間の目には、そのように映ったのか。ならば竹乃丞も、本望だろうか。

「竹乃丞さんは、文字通り自分に酔っておられたのかも。舟には、空いた徳利が七、八本も残されていたといいますし」

自らの舞台に酔って退場する。洒落たものではないか。だが、これを聞いた新十郎の顔に、当惑が浮かんだ。扇之丞と顔を見合わせる。扇之丞も、顔を曇らせていた。

「あの、どうかされましたか」

不思議に思って聞いてみた。すると、新十郎の口調が真剣なものに変わった。

「空いた徳利が七、八本も残されていた、とおっしゃいましたね」

「はい、確かに」

「竹乃丞は、酒は少し嗜む程度で、たくさんは飲めませんでした。徳利を三、四本も空けると寝てしまうような具合で」

その意味するところに思い至り、お美羽も顔を強張らせた。

「それでは、七、八本も飲めば」

「はい。身投げどころか、意識もなくなっていたのでは。そもそも、それだけの量は飲めないでしょう」

「つまり、竹乃丞は一人ではなかった、ということですね」

「そう考えなければ、筋が通りません」

扇之丞と新十郎の、顔色が変わった。この意味するところは、一つしかない。おたみだけは話の成り行きがわからないようで、一人ぽかんとしていた。

「竹乃丞は殺されたかもしれねえ、ってのか」

番屋でお美羽の話を聞いた青木と喜十郎は、目を剝いてお美羽を睨んだ。

「船頭を遠ざけてから、誰かが舟に上がって一緒に飲んだんですよ。そうして竹乃丞を酔い潰し、寝入ったところで舟べりから大川へ落とした。竹乃丞が泳げるって話は聞いてませんし、そこまで酔っていたら、何もできないうちに溺れちまったんじゃありませんか」

「ふうん。だとすると、徳利をそのままにしておいたのは手抜かりだな」

「舟べりから徳利を捨てれば、川を調べられたらすぐ見つかります。川の真ん中へ投げ込んだら、夜とはいえ、飛沫《しぶき》も音も出ます。誰かの注意を引かないとも限りません」

「それを言うなら、川に落とされた竹乃丞だって飛沫を上げたろう」

「それはそうかも……でも、意識がなくてそのまま沈んでしまったかもしれませんし」

「ただ単に、気が付かなかっただけかもしれやせんしね」

喜十郎が、腕組みしながら言った。

「山際さん、あんたはどう思う」

青木が水を向けた。山際が数日前、この一件にはまだ黒幕がいて、そいつに竹乃丞は口を塞がれたのではないか、との推測を喜十郎に話したのを、念頭に置いているのだろう。

「やはり、口封じでしょうな」

「誰の仕業か、考えてることはあるかい」

「松葉屋を殺す理由があり、竹乃丞に指図ができて、栄吉のことを知っていて、夜に人気の少ない所で二人で会うぐらいに、信を置いていた相手。それに当て嵌まる者は、多くはいないと思うが」

青木も喜十郎も山際も、そこで黙った。三人とも、心に浮かんだ人物があるらしい。それはお美羽も同じだった。それは果たして、同じ一人だろうか。

「一つ、確かめておきたいことを思い出しました。これで失礼します」

お美羽は、いきなりそう言って立ち上がった。誰も、引き留める者はいなかった。


お美羽が急いで向かったのは、栄吉のところだった。「御免なさいよ」と声をかけて障子を開けると、栄吉は部屋の隅で細工仕事に没頭していた。

「こりゃあ、お美羽さん。またご用で」

「ええ、ちょっと聞き忘れていたことがあって。お喜代さんは」

「栄太をおぶって、酒と醤油を買いに。まあ、どうぞ」

お美羽は上がり框に腰を下ろし、いきなり尋ねた。

「栄吉さん、あの巾着袋、どこでなくしたか思い出せない？」

「えっ、巾着袋ですか。いや、お役人にも言ったんだが、ひと月かそこらのうちで、気が付いたらなかったんで」

「掏《す》られたとか、落としたとか。そういうことは、覚えてないのね」

「財布と間違えて掏った？　さすがにそれはねえでしょう。落としたと思うんだが……」

「懐に穴が開いてたわけじゃないでしょう。何かを出し入れするときに落としたんじゃないの」

「へえ、そうだとは思いやすが」

栄吉はお美羽に迫られ、懸命に記憶を探っているようだ。額に汗が浮きそうなほど、難しい顔で唸っている。

「居酒屋や屋台で財布を出したとき、ほろ酔いだったら落として気付かなかったかも。松葉屋で揉めたときもそうですね。あと、西村座に行って懐から細工物の見本を出したときとか……まあ、思い当たるのはそれくらいで」

「ありがとう。それで充分よ」

お美羽は礼を言って、すぐに立った。栄吉は、「それだけでいいんですかい」と、狐につままれたような顔をして言った。

十

「お美羽、聞いたかね」

出かけていた欽兵衛が、帰ってくるなり言った。

「聞いたかって、何を」

「松葉屋殺しに絡んで、西村座の座元だった久右エ門さんが、番屋に呼び出されたそうだ」

「ああ、そうだったの」

お美羽は、受け流すように軽く応じた。欽兵衛が、驚いた顔をする。

「全然驚かないね。さては、お前もこの捕物に一枚嚙んでいたのか」

「一枚嚙んでた、なんて人聞きの悪い。私は、聞いたことを青木様に申し上げただけよ」

それは嘘ではない。久右エ門をしょっ引こうと決めたのは、青木と喜十郎だ。

「嫁入り前の娘が捕物に首を突っ込むなんて、やめろと常々言ってるのに」

「首を突っ込むというより、向こうから寄って来るのよ」

欽兵衛は、ほとほと呆れたという風に首を振った。

「そんなことだから、なかなか貰い手がないいんだよ」

「ずいぶんな言い様じゃない。私だってねえ、思ってることは……」

そこで、まずいと口をつぐんだ。山際に気があるなんて、まだ言えるときではない。

「何だね」

「いえ、何でもない。それで久右エ門さんは、お縄になったの」

「いや、まだ呼び出しを受けただけらしい。成り行きでは、そのままお縄になるかもしれんが」

青木は生真面目で慎重な男だ。まず久右エ門の話を聞き、疑わしいところを衝いて、自白させてからお縄にという、段取りを踏むつもりだ。西村座の座元と言えば、それなりに名の通った男だから、間違いは避けたいだろう。

「それで、いったいどうして座元が疑われるようなことになったんだね」

叱っておきながら、欽兵衛もこの一件には興味津々のようだ。まあいいか、とお美羽は、栄吉が西村座を訪ねたところから話を始めた。

「そこで栄吉さんは、根付細工か何かの見本を出すとき、一緒に巾着袋を落としたんだと思う。久右エ門さんなら、それを拾っておくことができた」

「その拾った巾着袋を使って、栄吉を下手人に仕立てようとしたのか。じゃあ久右エ門は、栄吉が松葉屋と揉め事を起こしたのを知ってたんだね」

「栄吉さんが、西村座で話したみたい。こんな事情で松葉屋に一泡ふかしてやりたいんだ、というようなことを、売り込み口上の中で喋ったんでしょう」

「それを覚えていたわけか。頭のいい奴だねえ」

「西村座を仕切っていたわけだから、才覚はあるんでしょうね。座元の立場なら、竹乃丞を動かして千之介を操ることも、造作なくできるでしょう」

「そうして、芝居小屋を潰された仇の松葉屋を殺し、七百両も手に入れた、と。よくできた企みだなあ」

　欽兵衛は、感心したように言った。

「栄吉を襲った連中は、竹乃丞が雇ったのかねえ」

「その連中も竹乃丞か千之介が手配りしたとみていいんじゃないかな。竹乃丞は死んじゃったから、確かめられないけど」

　欽兵衛はそこまで聞いて、ふうっと嘆息した。

「久右エ門は竹乃丞のおかげで、一時は相当稼げたんだろう。言ってみれば、西村座を大いに盛り立てた恩人じゃないか。竹乃丞の人となりがどうだったかは知らないが、そんな人を松葉屋殺しに巻き込むなんて、人の道に外れてるよ」

　それを言うなら、人殺し自体が人の道に外れているわけだが、欽兵衛の言うことは、お美羽にもよくわかった。久右エ門は、そこまで追い込まれていたのだろうか。

　三日ほどして、喜十郎がお美羽の家にぶらりと立ち寄った。どうも浮かない顔をしている。

「やあ。何か変わったことはねえかい」

　縁側に腰を下ろした喜十郎が聞いた。岡っ引きはこうして折に触れ、町々の様子を聞き回っているが、今日はどうも、取って付けたような聞き方だ。

「何もありませんよ。そう言えば、先日引っ張られた西村座の久右エ門さんは、どうなりました」

勘を働かせ、お美羽の方から水を向けた。案の定、喜十郎は乗ってきた。

「どうも、はかばかしくねえ」

「どうしたんです。動かぬ証しが出ないんですか」

うーんと喜十郎が唸る。

「盗られたはずの七百両、千之介が分け前として百両懐にしたわけだが、残り六百両が出て来ねえ」

「六百両は竹乃丞が取ったんでしょう」

「そうだが、久右エ門が仕組んだ企みなら、竹乃丞を始末した以上、その六百両丸々、久右エ門が手に入れてなきゃあいけねえだろう」

「そりゃあ、そうですね。久右エ門さんのところからは、見つからないんですか」

「久右エ門は、地代やら興行にかかる看板や舞台の書き割り、その他もろもろで四百七十両の借金を抱えてる。それを返すために使ったのかと思いきや、一文も返してねえんだ」

「返してない？　じゃ、借金を踏み倒して、六百両持ってどこかへ逃げるつもりだったんでしょうか」

「だったら、奴の手元に六百両、あるはずだ。それどころか、奴は金策に駆けずり回ってて、番屋へ呼び出したときも、昼から両替商の二見屋《ふたみや》に借金を頼みに行くつもりで、約束までしてあった。二見屋に確かめたから、間違いはねえ」

「それは……変ですねえ」

「だろ？　それでも、六百両のこと以外は全部辻褄が合ってるから、お縄にして小伝馬町送りにできなくはねえんだが、ここがはっきりしねえ限り、青木の旦那が首を縦に振らねえ」

「じゃあ親分たちは、六百両がどうなったか突き止めるために、走り回ってるわけですね」

「そうなんだ。久右エ門を引っ張って、やっと片付いたと思ったのによぉ」

どうやら喜十郎は、見回りを装って愚痴をこぼしに来たらしい。あわよくば、またお美羽や山際の知恵を借りようというのだろう。

「山際さんはいるのかい」

「手習いのお師匠ですから、今そっちをやってます」

「そうか。お美羽さん、何か考えはねえかい」

ほら、やっぱりだ。

「殺される前の、竹乃丞の居場所はどこだったか、わかったんですか」

「どうも内藤新宿《ないとうしんじゅく》にいたらしい。何度も江戸に入ってるが、江戸の街中では安宿に泊まってたようだ。馬喰町《ばくろちょう》の公事宿に一度泊まったのはわかってるが、その他はまだわからねえ」

「内藤新宿の隠れ家に、六百両隠してあるってことは」

喜十郎は、かぶりを振る。

「青木の旦那が宿場役人に話して一度調べさせたんだが、うらぶれた木賃宿でな。大金を隠せるような場所じゃねえ」

「どこかに埋めたとか」

「そうなると、竹乃丞は最初《はな》っから久右エ門を裏切るつもりだった、てぇことになる。久右エ門も、金の隠し場所を聞き出さずに竹乃丞を殺るってこたァ、ねえだろう」

どうも、お美羽がすぐ考え付くようなことは、青木たちもとうに考えて調べてあるようだ。玄人なのだから、それが当たり前だろう。

「素人考えじゃ、そのぐらいまでですねえ。ごめんなさい」

「そうか。いや、謝ることじゃねえ。それじゃもうちっと、無い知恵を絞るか」

喜十郎は、意気の揚がらない様子で帰って行った。

確かに、六百両見つからないのはおかしい。山際の考えを聞いてみることにしよう。喜十郎のおかげでまた山際を訪ねる理由ができたのを、お美羽は素直に喜んだ。


「金が見つからない？　それは妙だな」

話を聞いた山際も、首を傾げた。

「西村座は、青木殿たちが徹底して調べただろう。簡単に隠せるようなものではないし、誰かまだ我々の知らない仲間がいて、そいつが持ち逃げした、とでも考えねばなるまい」

「でも、それなら久右エ門がその仲間のことを喋らない、というのはなぜでしょうか。このままでは、久右エ門は獄門です。まさか、お金さえ見つからなければ、罪を免れると思っているわけではないでしょう」

黙っていればその仲間一人が得をするだけだ。

「どうしても庇いたい人でもいたんでしょうか。恩人とか、隠し子とか」

山際は、少し考えてから言った。

「そんな奴がいれば、今まで誰にも気付かれなかったということはなかろう。やはりもう一人仲間がいる、というのは無理がありそうだな」

山際は、自分で出しかけた説を否定した。

「では……これはどう見れば」

「わからん。竹乃丞が全ての鍵を握っておったのだろうが、もはや死人に口なしだ」

山際の言う通りだ。その竹乃丞の口を塞いだことで久右エ門は安心したかもしれないが、結局自らへの疑いを逸らすことはできなかった。悪事とは、思うようにはいかないものだ。


また次の習い事の日がやってきた。お美羽は、いつも通りお千佳とおたみと並んで座り、文机を前に背筋を伸ばした。師匠の、お始めなさいとの合図で、硯にすっておいた墨に筆先を浸し、広げた紙にゆっくり、流れるような書体で文字をしたためていく。

今日の稽古場には、十四人の娘たちがいた。一番下が十二歳、一番上がお美羽である。読み書きの初歩を学び終えた娘らが、美麗な文章や文字を習うのがこの稽古場だ。良縁に恵まれるための嗜みであるから、武家奉公や嫁入りの話が来れば順にやめていくため、結果としてお美羽が最も年嵩になってしまっていた。

書の手本は、『伊勢物語』の文章を師匠が書き写したものである。師匠は、京の書家の弟子であった神官に教わったという、誠に流麗な文字を書く。ここで上達した書の腕が功を奏し、玉の輿に恵まれた娘もいる。欽兵衛も無論、それを期待してここに通わせているのだが、どうもこの書の神通力さえ、お美羽には効き目がないようだ。『伊勢物語』に描かれたような、男女の恋模様が自分にも訪れれば言うことはないのだが、今はただひたすら、字面を追って筆を動かしているだけだ。

休憩になった。師匠は所作に厳しいので、皆一斉に肩の力を抜く。この間は雑談も構わないため、仲の良い者同士額を寄せて、お店の評判や役者の噂話など、それぞれに囀《さえず》り始める。お美羽たちも、次に行きたい甘味処の話をし始めていた。

ふいに、「西村座」という声が耳に入った。思わず、そちらを向く。

「……で、そのお役人に連れて行かれた久右エ門さんだけど、うちに来られたことがあって……」

「あの、お邪魔してごめんなさいね。西村座の久右エ門さんが、あなたのお店に来られてたの」

「え？　ええ、そうですけど。もう何日も前の話」

突然話に割って入られて、怪訝な顔をしているのは、御蔵前片町《かたまち》の札差、加島屋《かじまや》の娘で、十六になるお多恵《たえ》である。彼女もその母も、おたみほどではないが芝居好きで、西村座にもよく通っていた。

「お付き合いがあったの？」

「お付き合いってほどでもないけど……ここだけの話、借財の相談に来られたの」

「ああ、そういうことね」

久右エ門があちこち、伝手を頼りに金策に回っていたのは、本当だったようだ。

「それで、貸したの」

おたみが首を突っ込んだ。

「いいえ。結局は断ったのだけど、久右エ門さんは朝からずっと粘っていてね。居留守を使うのも難しくなって、仕方なく父が会って、半刻もかけて話して、やっと帰ってもらったの。だいぶ当てにしてたみたいで、夕刻近くに帰るときはすっかり気落ちしてた、って母が」

「お気の毒だけど、仕方ないわねえ。お芝居ができないんじゃ、お金を借りても返す当てがないだろうし」

「そうなんですよ。たぶん、貸してくれるところはなかったんじゃないかなあ」

久右エ門も、だいぶ追い詰められていたらしい。六百両は喉から手が出るほど欲しかったろうに。いったいどこへ……。

ふと思いついて聞いてみた。

「何日も前ってことだけど、それ、いつだったか覚えてる？」

「えーとね、ああ、そう、前の前の、お稽古の日よ、確か。先月の二十七日。私が出かけるときには久右エ門さんは来ていて、帰ったときもまだいたから」

「そう、前の前の……」

勘定してお美羽は、おや、と思った。

「それってその……黒船町のところで、竹乃丞を見たって日だよね」

おたみに確かめる。おたみは「そうだよ」と頷いた。

「ああ、そうよ。あれが竹さまとの、今生の別れだったんだわ……ああ、どうして竹さまは」

またおかしな方向に入りかけたので、お美羽は思い切り袖を引いた。お多恵は「いったい何事……」と言いかけたが、そこで師匠が、ぱん、ぱんと手を打った。

「はい、お休みはこれまで。皆さん、筆を取って」

皆が急いで文机に向き直り、有難いことに話はそれで途切れた。


「さっきの話だけど、どういうことなの」

手習いを終えて外へ出てから、お千佳が聞いた。お多恵とのやり取りが、気になっていたらしい。

「うん。竹乃丞と黒船町ですれ違ったとき、江戸所払いの身でわざわざこんなところに来て、何の用があったんだろう、って思ったのよね。お役人に話したら、久右エ門さんとどこかで会ったんじゃないかって」

「あ、そうか。久右エ門さんが竹乃丞に、松葉屋さん殺しの段取りをさせたんだって、そういう話だったものね」

横でおたみが「竹さまにそんなことをさせるなんて、酷い……」などとぶつぶつ言い始める。それは放っておいて、お美羽は続けた。

「ところが、お多恵ちゃんの話じゃ、久右エ門さんはあの日、朝から夕方近くまで、お多恵ちゃんの店に居座ってたそうじゃない。だったら、竹乃丞は？」

「あー、少なくとも、久右エ門さんと会ってたわけじゃないよね。じゃあ、誰と会ってたんだろ。て言うか、何をしてたんだろ」

「それなんだけどね……」

お美羽は顎に手を当てる。考えていることは、あった。


次の日。お美羽は山際と共に、浅草御蔵前通りから繋がる道を、大川に沿って北へと歩いていた。目指すのは、今戸。今戸橋を渡った先には、大川べりに船宿が何軒かあり、そこで聞き込みをしよう、という考えだった。

「船宿を訪ね歩くのか」

お美羽から持ちかけられた山際は、困惑顔になった。

「何か当ては」

「当て、というのはないんですが」

竹乃丞は死んだとき、花川戸の船宿で借りた舟に乗っていた。喜十郎の話からすると、船宿を使ったのは一度きりではない。もし黒船町ですれ違ったあの後、竹乃丞が船宿で誰かに会っていたのだとしたら、それを捜そうというわけだ。

「あの辺の船宿を虱潰《しらみつぶ》しにするとなると、結構大変だが」

山際は、気乗りがしないようだった。恐らく気にしているのは、船宿がよく男女の密会に使われる、ということだ。お美羽と連れ立って、船宿の集まった界隈を歩いているのを人に見られると、噂が立ってしまう。それを気遣っているのだろう。

実はお美羽も、ちょっと危ない想像を一人で巡らせ、勝手に赤くなったりしていた。噂が立つのは、お美羽も困る。欽兵衛の耳に入ったりしたら、一大事だ。

「それじゃ助っ人を呼びます。大丈夫ですよ」

お美羽はそう言って、山際を引っ張り出した。その助っ人は、お美羽たちの一歩前を懐手で歩いている。

「まったく、俺だって暇じゃねえんだが」

助っ人にされた喜十郎は、まだぶつぶつ言っていた。

「何かいい考えはないかって、私に言ったのは親分じゃありませんか。だからこうして、考え付いたことにお付き合い願ってるんですよ」

「そりゃあそうかもしれねえが、花川戸の嶋渡屋とその界隈の船宿は、とうに調べたんだぜ。その上、今戸までってのはなァ」

青木たちも花川戸は充分調べていたが、他の船宿を全部調べるだけの暇も人手も、理由もなかったのである。

「用心して、いろんな宿を使ったかもしれないでしょう」

「なこと言い出したら、きりがねえや」

まあまあ、とお美羽は喜十郎を宥めつつ、歩みを進めた。船宿は、口が堅い。素人のお美羽と山際が、いくら上手い話をしても、船宿の女将や番頭が、客のことをぺらぺら喋ることはないだろう。「噂避け」の助っ人としてだけでなく、喜十郎の十手が、どうしても必要だった。

今戸橋を渡って、最初の船宿「玉乃家《たまのや》」に入った。

「はい、いらっしゃいませ。舟のご用でしょうか」

応対に出た番頭は、変わった組み合わせの三人を見て、ほんの少し訝しむような様子になった。

「ええと、舟をお借りするんではなく、ちょっとお伺いしたいことがあって」

お美羽がそう切り出しかけると、まどろっこしいと思ったか、喜十郎が十手を出した。

「おうよ。舟のご用じゃなく、御上の御用だ」

番頭の顔が忽ち緊張する。

「これは親分さん、ご苦労様です。どのようなことでしょう」

「この前、西村座の琴弾竹乃丞が、花川戸の嶋渡屋で借りた舟で身投げした、ってえ話は知ってるよな」

「はい、存じております。誠に、とんだことでございました」

言外に、自分の店の舟でなくて良かった、と言っているように聞こえ、お美羽は鼻白んだ。

「嶋渡屋じゃあ、近江屋竹兵衛と名乗ってたらしいが、お前さんのところに来たことはなかったかい」

「いえ、一度も。嶋渡屋さんのことを聞いて、手前どもでも調べましたが、そういうお方が来られたことはございません」

番頭ははっきりと言い切り、何なら帳面をご覧になりますか、とまで言った。どうやら、嘘はないようだ。

「いや、それには及ばねえ」

喜十郎はお美羽と山際に、目で「もういいな」と確かめてから、「邪魔したな」と手を挙げて玉乃家を出た。

「これを何回繰り返すんだ」

道筋に並ぶ船宿の看板を指して、喜十郎がうんざりしたように言った。

「さあ。次の宿で済むかもしれませんし、二十軒目かも」

喜十郎は首を振り、勘弁してもらいてえな、と呻きながら歩き出した。

「なあお美羽さん」

山際が話しかけてきた。

「喜十郎親分がいれば、用は済むだろう。私までは要らないんじゃないか」

「山際さんは、この一件の成り行きが気になりませんか」

お美羽に言われ、山際は「うーん」と迷うような顔になった。

「確かに、好むと好まざるとにかかわらず、首まで浸かっているからな。わかった。お美羽さんが言うなら、最後まで付き合おう」

お美羽はほっとして、山際に笑いかけた。喜十郎の姿を頭から閉め出せば、ちょっとした山際との道行きだ。それを楽しみたい。それに、喜十郎と二人でこの界隈を回って、喜十郎と噂にでもなったら、災厄としか言いようがない。喜十郎の方は、そんなお美羽の胸の内も知らぬげに、二軒目の「津島屋《つしまや》」の暖簾をくぐった。

五軒目の「浪乃家《なみのや》」が釣り針に引っ掛かった。近江屋竹兵衛の名を出したとき、番頭の表情が僅かに硬くなったのだ。お美羽は見過ごしかけたが、長年の岡っ引き稼業で鍛えられた喜十郎の目は、これを見逃さなかった。

「番頭さんよ、心当たりがありそうだな」

「はい。来られたことはございます」

お美羽と山際は、思わず身を乗り出した。

「いつです」

お美羽が逸《はや》って聞こうとするのを、喜十郎が抑える。

「奴の名前は、帳面に載せてあるかい」

「はい。ただいまお持ちします」

番頭は一度奥に入り、宿帳を持って戻ってきた。

「二度、お越しですね。四月ほど前と、先月です」

番頭は帳面を開き、そこに記された名を指した。

「先月二十七日にお見えになっていますね。舟を借り出されています」

まさしく、お美羽たちが黒船町で竹乃丞を見た日だ。

「一人だったのか」

「いえ……そうですね」

番頭は細かい書き込みを目で追いながら、答えた。

「他にお一人。お名前は書かれていません。伏せられていたようです」

「相手がいたんだな。どんな女だ」

喜十郎は、女との逢瀬だと決めてかかっているようだ。

「いえ、男の方で」

番頭は書き込みを確かめて、言った。

「男だと？　誰だかわからねえのか」

「はい、私は応対しておりませんので」

「船頭さん……その竹乃丞……竹兵衛さんが借りた舟の船頭さんはいますか」

お美羽が急《せ》き込むように口を挟む。番頭はちょっと驚いた顔をしたが、頷いた。

「おります。今は舟を出していませんので、川べりにいるはずです」

番頭は奥に向かって、茂吉《もきち》を呼べ、と声をかけた。

「すぐ参ります。こちらでお待ちを」

番頭は、舟の待合になっているらしい小上がりを指した。三人がそこへ腰を下ろして待つと、ほどなく鉢巻きに半纏姿の船頭が現れた。年の頃、三十五、六か。これが茂吉のようだ。

「へい。あっしにご用で」

喜十郎は十手を示すと、すぐに尋ねた。

「先月二十七日、近江屋竹兵衛って男の舟を出したな」

あまりに唐突だったのか、茂吉は目を丸くした。が、さほど間を置かずに答えた。

「ああ、確かに出しやした。乗ったのは、お二人でしたね」

「竹兵衛と、もう一人は誰だ」

「誰、と言われやすと……」

茂吉は、番頭の方を窺った。客の内緒話をしていいものかどうか、許しを求めたようだ。番頭は即座に、「知っていることはみんなお話ししろ」と言った。

「へい。お相手は、一度も見たことのねえお人でしたが、いかついというか、どうも堅気じゃねえような。近江屋さんとはだいぶ違う感じでしたね」

「お前、二人の話を聞いてたのか」

茂吉は、びくっとしたようだが、咎められているわけではないと気付き、肩の力を抜いた。

「いえ、大川を五町ほど上手に遡って、向こう岸の大きな柳の下に寄せやしたんですが、そこで酒手をたんまり渡されて、二刻ほどどこかへ消えてろ、と言われたんです。それまで、話らしい話はしてやせんでした」

船頭を遠ざけて、密談したわけか。殺されたときと、同じようなやり方だ。

「で、二刻ばかり見計らって舟に戻ったときにゃ、近江屋さん一人しかいませんでした。もうお一方は、と聞いたら、歩いて帰ったと」

「ひと言も喋らなかったわけではなかろう」

山際が聞くと、茂吉は考え込んだ。

「そうですねえ……今日は暑いなとか、そんな程度だったと……あ、そうだ。あっしが舟を下りるとき、近江屋さんがお相手に、銀蔵親分とか声をかけてやしたね」

その一言で、お美羽と山際と喜十郎は、一斉に目を剝いて叫んだ。

「銀蔵だって！」

十一

「いやあ、参ったな。両国の銀蔵とはねぇ。てっきり、女だと思ったのによ」

喜十郎は腕組みし、しきりに首を捻っている。

「女って、親分はどこの女だと思ってたんです」

「どこのって、ほれ、竹乃丞は松葉屋の後家さんと、前に噂になってたろ」

「お登世さんのことですか」

お美羽は呆れた声を出し、まじまじと喜十郎の顔を見た。

「そのお登世さんだったら、面白ぇことになると思ったんだが」

「それはちょっと、酷いんじゃありませんか？」

「ああ、わかってるよ。違うとわかったんだから、いいじゃねえか」

「よくありませんよ、まったく」

お美羽は、男ってどうしてこうなの、とばかりに膨れっ面をした。山際がくすっと笑う。

「それで親分、どうするんだ。銀蔵をしょっ引くのか」

「これだけでしょっ引くってのは、さすがに。まず青木の旦那に話して、船頭に面通しさせやす」

「わかった。後はよろしく頼む」

喜十郎は、まあ任せてもらいやしょう、と胸を張り、浅草御門で別れて青木を摑まえに行った。お美羽と山際は、そのまま両国橋を渡った。

「銀蔵はこの一件で、どんな役を果たしてたんでしょうね」

お美羽は大きな疑問を口にした。銀蔵のような男は、頭を使う仕事より荒事が得意だ。今度の一件で最大の荒事と言えば、松葉屋と番頭を殺したことだが、それは千之介が下手人と判明している。もしや竹乃丞を殺したのは、久右エ門でなく銀蔵なのか。だとすると、竹乃丞は先月二十七日、銀蔵と会って何を話していたのか……。

「銀蔵がやったと思えることが、一つはあるな」

山際が、意外なことを言った。

「え？　それはどんな」

「栄吉を襲ったことだ。いかにも銀蔵と手下たちがやりそうな仕事じゃないか」

「それはそうですが、何か証しでも」

「証しというほどではないが、あんな荒っぽい仕事を頼める連中は、竹乃丞の周りには他におらん」

「はい。確かにあれが銀蔵たちの仕業だとすれば、しっくり収まりますが……」

「それだけではない。実は気になっていたことがあってな。お美羽さんが栄吉が襲われているところに駆け付けたとき、奴らはあんたと菊造を殺そうとした。逃げようと思えば逃げられたのに、どうしてわざわざ、大ごとにする必要がある」

「それは……」

お美羽は思い出して、ぞくりとした。その場では気が立っていたので、さほどには思わなかったのだが、後になって、命が危なかったという恐ろしさがじわじわ沁みていた。

「ああ、済まん。怖がらせてしまったか」

山際は、心底申し訳なさそうな顔をした。やはり、優しい男なのだ。お美羽は、また顔が火照るのを感じた。

「いえ、大丈夫です。そう言えば、あいつら、私を見て初めて匕首を出したんでした」

栄吉に対しては、まだ匕首を出していなかった。であれば、捕まったとしても、ちょっと痛めつけてやろうと思っただけだ、と言い逃れることはできたはずだ。

「あのとき、月はどっちに出ていた」

山際がいきなり、脈絡なく聞いた。何の話、とお美羽は訝しんだが、すぐに山際が言いたいことに気付いた。

「連中の後ろに。それで、影になってあいつらの顔は見えなかった。でも、こっちの顔は月明かりで見えた」

「そうだ。奴らは、お美羽さんの顔が見えたので、自分たちの顔も見られたと思ったんだ。それで、口を塞がなくては、と咄嗟に考えた」

「あれは、松葉屋の番頭と一緒にうちに文句を言いに来たのと、同じ連中だったんですね！」

栄吉は、後で始末するつもりだったから、顔を見られても構わない。もっとも、連中にとっては幸いなことに、暗くて栄吉も相手の顔がわからなかった。だが、お美羽に顔を見られた恐れがあるとなれば、放っておくわけにいかなかったのだ。

「山際さんに来てもらえなかったら、本当に殺されてたんですね……」

さすがにお美羽は血の気が引き、足が震えた。山際が、そっと肩に手を添えた。

「銀蔵が姿をくらました？」

翌朝、訪ねてきた喜十郎の話を聞いて、お美羽と山際は驚いた。

「そうなんだ。船頭に面通しさせようと奴を捜したんだが、見つからなくてな。青木の旦那に相談して、日が暮れてから奴のヤサへ押しかけてみたんだ。そしたら子分どもが、親分は十日も前から出かけてる、てぇのさ。道理でここ何日か、顔を見ねえなと思ったよ」

「十日前というと、竹乃丞が大川に浮いた日ではないか」

「そうなんで。こいつは、銀蔵が竹乃丞を殺って高飛びしたか、竹乃丞が殺られたんで自分の身も危ねえと思って身を隠したか、どっちかでしょう」

「青木殿も、そう見ているのか」

「へい。江戸中に手配りして、奴の行方を捜させてやす。子分どもは、ひとまず番屋へ連れて行きやした」

「その中に、栄吉さんを襲った奴らがいるはずです」

お美羽は勢い込んで言った。喜十郎が頷く。

「だろうな。そいつは、締め上げりゃすぐわかる」

「子分たちに、銀蔵の行った先の心当たりはないのか」

「大仕事があるんで、しばらく戻れねえ、てな言い方だったようで。行く先の手掛かりになるようなことは、何も言い残してやせん。こっそり江戸を出たのかも」

「道中手形がなければ、遠くへは行けまい」

「おっしゃる通りで。青木の旦那は、品川《しながわ》か千住《せんじゅ》あたりに、銀蔵を匿《かくま》う知り合いがいるかもしれねえ、と睨んでおいでです。ああいう生業の連中は、子分にも内緒でいざってときの逃げ場を用意してることが、珍しくねえですから」

「西村座の久右エ門さんは、疑いが晴れたんですね」

お美羽が確かめると、喜十郎は「一応はな」と答えた。

「家には帰した。疑いが真っ白に晴れるのは、銀蔵を捕まえてからだな」

青木はやはり、どこまでも慎重なようだ。

「しかし銀蔵も、恐らくは雇われただけだろう。本当の黒幕は、いったい誰なんだ」

「それですよ、青木の旦那も首を捻ってるのは。どうも、見えそうで見えねえというか、うまく隠れてやがる」

「松葉屋に飼われていたはずの銀蔵を、裏切らせたわけだからな。余程美味しい餌をくれてやったはずだ。そんなものを出せる相手は、何人もいないのではないか」

山際も首を捻る。美味しい餌とは、やはり大金だろうか。例の見つからない六百両では、足りないだろう。千両とかになれば、かなりの大店などでないと……。

「あの……」

お美羽は、ぼそぼそと言いかけた。そのときの表情で、他の二人も同じことを考えていたらしいのが、わかった。

「大金をかけても松葉屋を片付けたい、と考える奴は……」

「松葉屋がひどく邪魔だった大店……」

それに当て嵌まるのは、一軒しかない。


「おや、今日はまたお揃いで、何事でございましょうかな」

寿々屋宇吉郎は、雁首を揃えたお美羽と山際、青木と喜十郎を前にして、愛想よく言った。宇吉郎にしてみれば、なかなか珍しい組み合わせの客なので、何事かと思っているだろう。

「ふむ。実は松葉屋について、ちいっと聞いておきたいことがあってな」

青木が切り出した。

「はい、どのような」

「このお美羽さんから聞いたが、松葉屋の後家さんが、店をあんたのところで引き受けてほしい、と持ちかけてきているそうだな」

お美羽は、宇吉郎に見つめられた気がして、俯いた。青木にこの話をしたのを、咎められたかもと思ったのだ。が、宇吉郎には隠し立てする気はないようだった。

「はい、左様でございます。お登世さんは、大店の商いの切り回しはいささか難しい、とお考えのようで」

「で、あんたはその話に乗るのかい」

「はい、そのつもりでおります。悪い話ではございませんので」

この前は、時をかけてもう少し考えると言っていたが、もう心は決まったらしい。

「ただ、同業の皆様への手前もございますので、今しばらくはご内聞に願いたいのですが」

「わかった。それは気を付ける」

青木はそう請け合ってから、「買い取る形になるのか」と聞いた。

「そうなります」

「幾らか、聞かせてもらって差し支えないか」

「四千両でございます。これも、どうかご内聞に」

お美羽と喜十郎は、ほうっと息を吐いた。山際も、目を見開いている。大変な金額だ。

「四千か……それには、土地建物、蔵の財や商品、取引相手や権利、全て含んでの話なんだな」

「はい、何もかも一切合財、奉公人の引き継ぎも含めてでございます」

「それじゃあ、案外安い買い物なんじゃねえか。大きな商売敵が一つ、消えるわけだし」

青木は、幾分かの当てこすりを含んだ言い方をした。

「算盤《そろばん》は合っております、とだけ申し上げておきましょう」

宇吉郎は、曖昧な笑みを浮かべるだけで、動じない。さすがに百戦錬磨の商人だ。

「ところで寿々屋、琴弾竹乃丞を知っているかい」

「ああ、はい。松葉屋さんの阿蘭陀風小物を流行らせた、あの役者さんですな。奢侈が過ぎて所払いに遭われたうえ、先般亡くなったと聞きましたが」

「会ったことはないか」

「いいえ。竹乃丞さんは、松葉屋さんのお取引筋でしたので、手前どもは遠慮いたしておりました」

「西村座には、出入りしてなかったのかい」

「お出入りはさせていただいておりましたが、お取引は大きくはございません。手前どもの商いは、主に市村座さん、中村座さんと」

「久右エ門は、知っているよな」

「座元の久右エ門様でございますか。無論、存じ上げております」

「どの程度の付き合いだ」

「どの程度、と……一通りの、商いのお付き合いですが。時には酒席にお招きしたこともございますが、それは他の小屋の座元様方とご同様でございます」

「そうか。じゃあ、両国の銀蔵を知っているか」

「銀蔵さん、ですか。両国の方で一家を構えている方でしたかな。松葉屋さんとはお付き合いがあったように小耳に挟んではおりますが、手前はお会いしたことはございません」

宇吉郎の答えには、隙がなかった。松葉屋の指図で銀蔵が寿々屋に嫌がらせをしていたのは、当然知っているはずだが、触れようとはしなかった。この一件に関わる主だった者たちとは、知らなくはないが深い付き合いもない。要約すれば、そういうことだ。青木はしばらく問答を続けたが、突っ込むだけの取っ掛かりが見出せなかったらしく、適当なところで切り上げた。

「よし、今日はこれでいい。邪魔して悪かったな」

青木が席を立ったとき、話を始めてから小半刻ほどしか経っていなかった。収穫なし、と言うべきだろう。

四人は揃って、宇吉郎に送られて店の表に出た。そのときまでに、青木と喜十郎には付け届けが渡されていた。ほとんど決まりごとのようなものだから、お美羽も山際も気にしない。

宇吉郎は青木に「ご苦労様でございました」と深く頭を下げた。それから宇吉郎はお美羽に、「欽兵衛さんに持ってってもらいたいものがある。ちょっと待って下さい」と囁いた。お美羽は、ぎくりとした。青木を連れて来たことで、宇吉郎に何か苦言を呈されると思ったのだ。

お美羽は三人に断り、宇吉郎について奥へ戻った。

「これですよ。取引先からいただいた、鯉屋山城《こいややましろ》の饅頭です。私はこの頃、甘いものがちょっとねえ。欽兵衛さんは、大好きでしょう。二折り頂戴したので、一つ持って帰ってあげて下さい」

宇吉郎は菓子折りを出してきて、お美羽に差し出した。横山町《よこやまちょう》の鯉屋山城は幕府御用達の菓子舗で、欽兵衛はこういう銘菓に目がない。お美羽はほっとして、有難く受け取った。

「ときに、本日青木様が来られたのは、あなたの話を聞いて、でしょう」

菓子折りに伸ばした手が止まる。お美羽は、冷や汗が出そうになった。

「はい、あ、あの……申し訳ございません。つい、余計なことを申しまして、大変ご迷惑を」

平身低頭すると、上から宇吉郎の笑い声が降ってきた。

「責めてるんじゃありません。どのみちいつかは青木様が来られるだろう、と思ってましたから」

そうっと顔を上げるお美羽に、宇吉郎は微笑みながら言った。

「松葉屋さんが亡くなって得をした者は、と考えれば、いずれ私の名が挙がる。あなたが青木様と一緒に来た、ということは、あなたが私を疑うべきだ、と青木様に納得させせたからでしょう」

「い、いいえ、疑うなんてそれは」

「いやいや、いいんです。中途半端にされるより、こうして直に青木様とお話しできた方がいい。お話の中で挙がった人たちのお名前から、どういう筋道を立てて私のところへ来られたか、よくわかりました。考えられる見立てを、手近なところから一つ一つ、潰していかれたんですね。どうやらそれには、あなたが大きく関わっているようだ」

「いいえ、そんな大それたことは」

宇吉郎は、かぶりを振った。

「元はと言えば、店子の一人が巻き込まれたことからでしょう。女が首を突っ込むなんて、とか、お節介が過ぎる、とか、言う人はいるでしょうが、私はそうは思わない。それが人助けになるなら、大いにおやりなさい。欽兵衛さんは、渋い顔をなさるだろうが」

宇吉郎は、呵々と声を上げて笑った。お美羽は啞然としかけたが、慌ててまた両手をついた。

「思いもかけないお言葉、何と申し上げて良いか……ありがとうございます」

なあに礼には及びません、と宇吉郎は言ってから、少し表情を引き締めた。

「この一件で得をした者は、まだいるはずです。その筋を追って行けば、きっと真相に辿り着くはず。あなたは稀な才をお持ちのようだ。あなたなら、下手人を突き止めることができるでしょう」

「滅相もない、私なんかが、そんな……」

宇吉郎は、うろたえ気味のお美羽を制し、続けた。

「これは買い被りではありませんよ。でも、決して無理はなさらぬよう。それだけは気を付けて」

最後に釘を刺し、宇吉郎はもとの笑顔に戻った。

「さて、では私も少し考えを変えて、あなたの才にふさわしいご縁を探し直すとしましょう。欽兵衛さんに、くれぐれもよろしく」

家に帰って欽兵衛に菓子折りを見せると、その目が輝いた。

「寿々屋の旦那さんが、私にって？　いや、これは嬉しい」

　欽兵衛は菓子折りを神棚に上げて柏手を打ってから、また下ろすとおもむろに蓋を取った。金魚を象《かたど》った小ぶりな饅頭が、綺麗に並んでいる。早速手を伸ばし、一口齧ると、至福の表情を浮かべた。

「うむ、素晴らしい」

　見ていてよだれが出そうになり、急いでお茶を淹れに台所に立った。

「ところで、寿々屋さんに何しに行ったんだい」

「え、えっと、青木様と喜十郎親分が、松葉屋さんのことで一度寿々屋さんに話を伺いたいと言うんで、お連れしたの」

「そうか。同業の大店だからな。寿々屋さんも松葉屋について、いろいろ大きな声で言えないことも知っているんだろうな」

　当たらずといえども遠からずだ。それ以上、詮索しないでくれればいいが。

「後で山際さんのところへも、おすそ分けしようと思うんだけど」

　一個ずつ食べて取り敢えず満足し、お茶を啜ったところでお美羽が言った。

「うん、そりゃあいいが、お前、この頃よく山際さんと話をしているねえ」

これはまずい、と思った。気があるのかと言われたら、何と答えよう。

「あの人は何かと頼りになるから、長く住んでくれると有難い。よく言っといておくれ」

それだけだったか。欽兵衛の呑気で鈍感な性質が、こんなときには有難い。


饅頭を持って訪《おとな》うと、山際は家で書見をしていた。

「お邪魔をして済みません」

障子を開けて声をかけると、山際は本を閉じてお美羽を招じ入れた。

「これはかたじけない。さっきはどうも」

饅頭を見た、山際の顔がほころぶ。

「青木様は、帰りに何か言っておられましたか」

喜十郎から話を聞いて、確かに寿々屋には疑わしいところがある、と意気込んでいたので、軽くかわされた態になったのを、不満に思ったのではないか。

「うむ。ああも堂々と受け答えされたのでは、疑いを挟むのは難しい、と言っておられた。竹乃丞との繋がりがない、というのは、調べればすぐに確かめられるだろうし」

「そうですか。私から言い出しておいて申し訳ないんですけど、寿々屋さんの疑いは晴れた、と思ってよろしいでしょうか」

「そうだな。青木殿より、喜十郎親分の方が残念がってたよ。てっきり寿々屋に違えねえ、と思ったんだが、ってね」

怪しい人物が浮かぶたびにそう言っていたのだから、さして悔やむこともないだろう。

「お美羽さんこそ、寿々屋さんに呼び返されていたが、叱られたり嫌味を言われたりしなかったか」

寿々屋は欽兵衛とお美羽の雇い主なのだから、そんな心配ももっともだ。お美羽は笑って、肩を竦めた。

「逆に、励まされてしまいました」

お美羽が寿々屋と交わした話を披露すると、山際は感服したようだ。

「ほう、そうなのか。寿々屋さんは、なかなかに懐の深いお人だな」

「ええ。並みのお方ではありません。すっかり恐縮いたしました」

「それほどのお方が、殺しなどに手を染めることはあるまい」

「おっしゃる通りです。それで、寿々屋さんが最後に言われたことですが……」

「この一件で得をした者は他にもいるはずだ、ということだな」

「はい。どう思われますか」

「案外多いように思う。少なくとも、小間物商の商売敵は、皆そうだ。我々の知らない確執を松葉屋との間で抱えていた店が、ないとは言えんからな」

「そうした人を挙げていって、他の条件にも当て嵌まるかどうか、見ていけばいいんですね」

「うむ。言うのは簡単だが、どうだろうな……」

山際は、あまり自信がなさそうだ。得をした、というだけでは範疇が広すぎると考えているのだろう。

「そうだ。敢えてそういう言い方をしたのは、寿々屋さんに心当たりがあるからではないか。直に名を挙げるのは憚られるので、遠回しに導こうとしたのでは」

なるほど。やはり山際は鋭い。

「では、寿々屋さんがよく知っている人ですね。順に考えてみましょうか」

　お美羽は、前にもやったように条件を一つ一つ、吟味していった。寿々屋の知人であること、松葉屋が死んで得をすること、銀蔵に松葉屋を裏切らせるだけの餌を出せること、竹乃丞を意のままに動かせること、栄吉を知っていて、落とした巾着袋を手に入れられること。松葉屋が大奥御用達になりたくていろいろ画策していたのを知っていたこと。このぐらいか。これに全部当て嵌まるような人が、果たしているだろうか……

　お美羽は、順を追って考えを巡らせた。山際も同様に考え込んでいる。そうして、小半刻近くも経ったろうか。ふいに、お美羽の背中に戦慄が走った。

「お美羽さん、どうしたんだ」

　余程怖い顔になっていたのだろう。山際が心配そうに尋ねてきた。お美羽は意を決し、山際の方を向いて言った。

「山際さん。明日、喜十郎親分と一緒に、もう一度今戸の船宿まで付き合って下さい」

「船宿へ？　何か思い付いたのか」

「はい。それを確かめます」

翌日、お美羽の意図がよくわからずにぶつぶつ言う喜十郎を引きずるようにして、三人は朝から今戸へ向かった。

「おいおい、浪乃家へ行くんじゃねえのかい」

先導するお美羽が、浪乃家の前を急ぎ足で通り過ぎたので、喜十郎が驚いて止めた。が、お美羽は取り合わない。

「浪乃家さんには、後で行きます。その前に、竹乃丞が使った船宿が他にもないか、探すんです」

「ええ？　それにどんな意味があるんだよ」

喜十郎が苛立ったように聞いてくる。山際も怪訝な顔をしているが、お美羽は構わず、目に入った戸田屋《とだや》という船宿の暖簾をくぐった。喜十郎は、渋々といった態でお美羽に続き、出てきた番頭に十手を示した。

「あんたのところじゃ、近江屋竹兵衛って客に舟を貸したことはあるかい」

今日は、ついていた。戸田屋の番頭は、しばらく考えた後、「だいぶ前に来られたように思いますが」と言って、帳面を繰り始めた。

「ありました。三月前と半年前、それから去年の秋口にも」

「そんな前から、三度もか」

これを聞いて、喜十郎の顔つきが変わった。

「誰と来ていたんだ」

「帳面で見る限り、お一人ですね」

「その舟に付いた船頭さんを呼んで下さい」

お美羽が横から、有無を言わせぬ勢いで言った。番頭は慌てて、船頭を呼びに行った。

「長兵衛《ちょうべえ》と申します。三月前に近江屋さんの舟を扱ったのは、あっしですが」

番頭に連れれて来られた、真っ黒に日焼けした四十くらいの船頭は、他人事のような顔でお美羽たちを見返した。何が何だか、わかっていないのだろう。

「そのときのこと、覚えてますか」

「ええ……はァ。うろ覚えだが……ちょっと変わった客だったんで」

「どう変わってました」

「それがその、途中で舟を岸に寄せて、しばらくどっかへ消えてろって、酒手をくれて……」

「舟を止めたのァ、どこだ」

喜十郎が、長兵衛の胸ぐらを掴まんばかりにして聞いた。ようやく喜十郎にも、事情が飲み込めてきたらしい。

「よく覚えてねえんですが、でっかい木が生えてたような」

「柳の木ですか」

「ええ、たぶん」

「もしかして、半年前と去年の秋にも、近江屋さんは同じ場所で舟を止めたんじゃ」

「え？　ああ、そう言や、船頭仲間でそんなことを言ってやしたねえ」

そこまで聞くと、お美羽は「親分、山際さん、行きましょう！」と叫んで戸田屋を飛び出した。

「おうい、待ってくれ。どこへ行くんだ」

走るお美羽に喜十郎が追いすがり、聞いた。それには、山際が答えた。

「浪乃家だろう。あの茂吉とかいう船頭は、竹乃丞が舟を止めた場所を覚えてる。舟を出させて、そこへ行く。そうだな、お美羽さん」

「さすがは山際さん。その通りです！」

走りながら振り向いて言うと、山際はニヤリと笑った。


浪乃家へ駆け込むと、前に来たとき応対した番頭が今日もいた。急き込む三人の様子に、目を丸くしている。

「この前会った、茂吉って船頭はいるかい。すぐに舟を出してもらいてえ」

喜十郎が十手を振り回して大声で言うと、番頭は「は、はい、ただいま」と飛び上がり、奥へ走った。

だいぶ待たされた気がしたが、実際は小半刻の、そのまた半分も経ってはいなかったろう。用意できましたと番頭が呼びに来たので、お美羽たちは川べりに下りた。板二枚ほどの小さな舟着場に舟が一艘待っており、竿を持った茂吉が挨拶した。

「どうも、親分さんに皆様方、急な御用で。どちらへやりましょう」

「茂吉さん、先月、近江屋を乗せたとき、上手の柳の木の下に舟を着けたと言ってましたね。そこへやって下さい」

お美羽が言うのを聞いて、茂吉は「ああ、あそこね」と承知し、三人が乗り込むとすぐに舟を出した。

「五町ほどですから、小半刻もかかりませんや。天気もいいし、ゆっくりしておくんなさい」

茂吉が操る竿に押され、舟は大川を遡る。流れに逆らっているので、もどかしいほどの速さだったが、よくよく考えると、何も急ぐ必要はなかった。思い付いたことに興奮して、つい逸ってしまったのだ。心地好い川風を受けるうち、気分はだいぶ落ち着いた。

「川遊びと洒落込むには、いい季節だがなあ」

山際も気を鎮めたらしく、そんなことを言っている。喜十郎だけが苛立った顔をしているのは、お美羽の考えていることが半分ほどもわかっていないからだろう。

茂吉が言った通り、小半刻足らずで東の岸に柳の木が見えた。火の見櫓ほどもありそうな、大きな柳だ。これは目印にちょうどいいだろう。

「あれか」

山際が聞くと、茂吉は「左様で」と返事した。

「今、あっちに寄せやすから」

舟は大川の反対側に移り、ほどなく柳の下に着いた。

「どこだい、ここは。寺島村《てらじまむら》か」

岸に降り立った喜十郎が、左右を見回して聞いた。

「親分さんのおっしゃる通り、寺島でさぁ。この奥にゃ、桜が一杯植わってやすよ。白鬚《しらひげ》の渡しも、このちょっと先です」

茂吉の指さす方を見ると、折しも渡し船が大川を横切って行くのが、小さく見えた。

「この辺りは、百姓家と大店の寮が、入り交じってぽつぽつとあるところだな」

山際が、木々の向こうの藁ぶき屋根を見ながら言った。

「ここで何を探す」

「目立たない、一軒家です。この場からすぐ近くで、小ぶりな家だと思います」

「誰か住んでるのか」

喜十郎が確かめるように聞く。お美羽はかぶりを振った。

「住んではいないでしょう。密会のための家です」

「なァるほど、そういうことか」

喜十郎は、ようやく全部読めたとばかりに、ぽんと手を打った。

「よし、手分けしよう。近くに限るとなりゃ、そう手間はかかるめぇ」

喜十郎が言うのに頷き、三人はそれぞれ、北と東と南に散った。


半刻後、お美羽たちは柳の下に再び集まった。茂吉は我関せずと、舟に座ってのんびり煙草をふかしている。

「どうです。見つかりましたか」

これに頷いたのは、山際だった。

「一町ほど先の木立の陰に、竹垣で囲った小さな家がある。誰も住んでいないようだが、庭は手入れされている」

「行ってみましょう」

他にそれらしい家はなさそうだ。お美羽と喜十郎は、山際を促してその家に向かった。

「ここだ」

山際の指した家は、藁ぶき屋根だが白い漆喰壁で、明らかに百姓家とは違っていた。門などはなく、竹垣に柴折戸《しおりど》があるだけで、それはすぐに開いた。お美羽たちは、敷地に足を踏み入れた。雨戸は閉められており、人の気配はない。

「御免下さい」

遠慮がちに声をかけたが、やはり答える者はいない。お美羽は、表口の戸に手をかけた。戸締りはされておらず、戸は滑らかに開いた。

少し躊躇ったが、喜十郎が行けと手で合図するので、お美羽は家に上がった。中は、三間ほどの座敷と厨《くりや》で、湯殿もある。雨戸を開け、明るくして見ると、なかなか居心地が良さそうな家だ。簞笥が一棹に、鏡台、火鉢などが置かれている。厨の方は、しばらく使われていないように見えた。

「住まいとしちゃ、何だか半端な感じがするな」

値踏みするようにあちこち見ていた喜十郎が、呟いた。お美羽も同じように感じていた。

「親分、鏡台を見て下さい」

鏡台には、櫛と紅の器が置かれていた。喜十郎はそれを見て、「ははあ」と頷く。

「やっぱり女が出入りしてたんだな。てことは、だ」

言葉が終わらないうちに、外から咎めるような声が飛んだ。

「誰だね、勝手に上がり込んでいるのは」

三人は、顔を見合わせた。誰だ、とはこちらが聞きたい。庭の方を見ると、縁側の先に小柄な老人が立って、こちらを睨んでいた。喜十郎が進み出て、十手を見せる。

「御上の御用だ。あんた、この家の持ち主かい」

十手を見た老人は、驚いて目を見張った。

「こりゃどうも、親分さん。はい、あたしゃァ、四郎兵衛《しろべえ》と申しまして、この辺の名主をしております」

「そうですかい。ここに住んでるわけじゃねえんですね」

「あたしの家は、ここから二町ほど東で。ここは深川の材木問屋のご隠居が、隠居暮らしをしてなさったんだが、一昨年亡くなった後、そこの旦那さんに頼まれて、あたしが買い取りました」

「では、今はどなたかに貸してるんですね」

お美羽が聞くと、「そうです」との答えが返ってきた。

「借りているのは、近江屋竹兵衛さんですか」

四郎兵衛は、また驚いたようだ。

「よくご存じで。あたしが買い取って幾月もしないうちに、ここが気に入ったから借りたいと。月に一、二度は使っておられたようですが」

「どなたか、女の人がご一緒だったのでは」

「はあ、二、三度、女の人のお姿を見ました。ですがどなたかは存じません。遠目で顔などはわかりませんし、詮索するのも如何なものかと思いまして」

そこまで言ってから、四郎兵衛は遠慮がちに聞いた。

「あのう、近江屋さんに何かありましたので?」

いかにも面倒事は避けたい、という物腰だ。

「いやなに、ちょっと確かめたいことがあったのでな。取り敢えずの用は済んだ。また何か聞きに来るかもしれないので、そのときはよろしく頼む」

山際が如才なく言うと、四郎兵衛は少し安心したようで、雨戸の戸締りだけお願いします、と言い置いて帰った。

「さてと。これでだいたい読めたな。竹乃丞は、どこかの女とここで逢引きを続けてた。舟で柳の下に乗りつけ、船頭を追い払ってから、こっそりこの家に来てたんだ。ここなら所払いになった後も、安心して使えたわけだ。先月二十七日に、銀蔵と舟に乗ったときは、女と三人で会ったんだろうな」

喜十郎は、しきりに一人で頷いている。そこへ山際が口を挟んだ。

「いや、そうとは限らん。銀蔵と密談し、銀蔵が帰ってから女と会ったかもしれん。或いは、その日に限っては銀蔵と会っただけで、女とは会わなかったかもしれん。その女が、松葉屋殺しの件に関わっているかどうかは、何とも言えんぞ」

喜十郎は、うーんと唸った。

「一理あるな。その女、いったい何者だろう。竹乃丞の贔屓筋かねえ」

喜十郎は、お美羽の方に顔を向けた。

「お美羽さん、あんたはどう思うね」

「これだけ手の込んだことをして、隠れて逢瀬を楽しんでいたんです。ただの贔屓筋じゃありません。もっと、縁の濃い相手です」

きっぱりとした物言いに、喜十郎も山際も、何かを感じ取ったようだ。

「もしかして、見当がついてるのか」

山際の問いかけに、お美羽は「はい」と言い切った。

「何だと。誰だ、そいつは」

問いかけて、喜十郎ははっと気付いたように口元を強張らせ、目を剝いた。

「おいおい、そりゃあ……」

「本人に、来てもらいましょう」

お美羽は、半ば啞然とする喜十郎に向かって、そう言い放った。

十二

大川からの川風が枝を揺する音に交じって、夕七ツ（午後四時）を告げる鐘が聞こえた。そろそろだ。

お美羽は寺島村の一軒家の八畳間に、一人で座っていた。障子と襖は閉めきっているが、さすがに雨戸は全て開けてある。家主の四郎兵衛には、事訳《ことわけ》を言って、丸一日ここを貸してもらっていた。

待ち人は、まだ来ない。昨日のうちに、夕七ツにここで会いたいと、文を届けさせておいた。来るか来ないかは相手次第だが、お美羽は、来ると確信して、小半刻前からここで待っている。木々のざわめきと鳥の声以外は静かで、人知れず逢瀬を楽しむには、まさに格好の場所だと思えた。それは、密談にもぴったりだと言えた。

かたっ、と外で小さな音がした。柴折戸が開けられたのだ。お美羽は、身構えるように背筋を伸ばした。

表の戸がそっと滑る気配。相手も、様子を窺っているらしく慎重に、音を立てないようにしている。お美羽の草履が三和土にあるので、女一人で待っていることはわかったはずだ。

お美羽の目の前で、躊躇いがちにゆっくりと襖が開けられた。現れた人物が、正面からお美羽の顔を見て、驚きを露わにした。

「あ……あなたでしたか。入舟長屋の大家さんのところの、お美羽さんでしたね」

「はい。こんなところまでお呼び立てしまして、申し訳ございません。お登世さん」

松葉屋の女主人、お登世は襖を閉め、お美羽の前に座った。

「この文は、あなたが書かれたのですか」

お登世は懐から、折り畳んだ文を出して広げた。

「そうです」

「まあ……大変綺麗な字でいらっしゃいますね」

文には、手習いで覚えた流麗な文字がしたためられている。

「こんな品のいい字をお書きになるのは、どんな方かしらと思っていました」

「恐れ入ります。それを読んでお越しになったのは、書かれていることをお認めになった、ということですね」

お登世は少し口籠った。が、視線を落とし、諦めたように「そうです」と小さく言った。

お美羽が書いた文には、「竹乃丞様と逢瀬を重ねられたあの家で、どうしてもお尋ねしたいことがございます。明日夕七ツ、お一人でお越しください。そこでお待ち申し上げます」とあった。お登世が迷わず現れた、ということは、お美羽たちの読んだ通り、ここが竹乃丞との密会場所だったのだ。

「こちらの家主さんは、一昨年、竹乃丞がここを借りたと言っていました。そのときから、ですか」

「はい。もう隠しても仕方ありません。私は、死んだ良人《おっと》が疑っていた通り、竹乃丞様と不義を働いていたのです」

お登世の目に、涙が浮かんだ。

「お話しいただいても、よろしいですか」

お登世は、はい、と頷き、竹乃丞との関わりを話し始めた。

「竹乃丞様は、亡くなった前の良人、修太郎と幼馴染でした。役者として人気が出てからも修太郎との付き合いは続いていまして、あの阿蘭陀風煙管は一目で竹乃丞様が気に入り、そのまま舞台で使って下すったのです」

松葉屋が割り込んできたとき、竹乃丞は修太郎の味方をしたが、松葉屋は似た品を作って修太郎を追い込んだ。竹乃丞は怒ったが、どうにもできなかった。修太郎が死んでからは、竹乃丞は何かとお登世によくしてくれた。が、人気役者という立場もあり、座元の久右エ門が深入りを止めた。お登世も竹乃丞の人気に水を差すのを恐れ、身を引く形で松葉屋昇之助の世話になった。

「でも、嫁に入ってから昇之助は人が変わりました。しょっちゅう悋気を起こし、乱暴まで働くようになったのです。それが竹乃丞様の耳に入り、ご心配をいただくうちに……」

深い仲になってしまった、ということだ。

「先月二十七日、私は所払いになっていたはずの竹乃丞を、浅草黒船町で見かけました。その後、松葉屋さんに寄りましたら、あなたは御留守でした。もしやそのときも、竹乃丞が銀蔵と会った後にここで?」

お美羽が確かめると、お登世は小さく「はい」と答えた。

「昇之助も薄々気付いたのでございましょう。次第に悋気も乱暴も酷くなり、竹乃丞様は、このまま放っておけば二人とも殺されてしまう、何とかしなければ、と言い出しました。その様子が大変に真剣でございましたので、もしや竹乃丞様は昇之助を殺そうとしているのでは、と恐ろしくなり、思いとどまるよう懸命に申しましたのですが……」

「止められず、やってしまったのですね」

「はい。御奉行所に訴えられた恨みも重なりまして。もとは我が身から出たこと、それなのに……もう、昇之助にも竹乃丞様にも、巻き添えになってしまった番頭の藤次郎さんにも、申し訳なくて……私は……」

お登世は俯き、声を詰まらせた。

「でもどうして、栄吉さんを下手人に仕立てようとしたんです」

「ああ……栄吉さんにも、本当に大変なご迷惑を。お詫びのしようもございません」

お登世は、思い出したのか身を震わせる。

「私は、存じませんでした。そんな企みまでしていたとは。竹乃丞様は、昇之助が度々雇っておりました銀蔵を抱き込み、相談をしておりました。栄吉さんのことは、その中で思い付いたのでございましょう」

「それでは……お辛いことをお聞きしますが、竹乃丞の身投げについては、どう思われますか」

お登世は、びくっとしたように肩を動かした。また目が潤んでいる。僅かの間、躊躇う様子を見せてから口を開いた。

「竹乃丞様は……千之介という人を使って昇之助を殺してしまってから、ひどく後悔していました。昇之助がいなくなっても、私と竹乃丞様が添い遂げられるわけではございません。私は、松葉屋を背負わねばならなくなりました。藤次郎さんも亡くなり、商いのことで頼れるお方もいません。良いことは、何一つなかったのです」

「それで、松葉屋を守るのはもう無理だと、寿々屋さんに？」

お登世は、済まなそうに「はい」と頷く。

「私には無理です。店を潰さず、ご贔屓のお客様と奉公人の方々を守るには、これしかないと覚悟いたしました」

「よくご決心されました。ご立派です」

お美羽が労《いた》わるように言うと、お登世はほんの少し、安堵したような表情を見せた。

「でも竹乃丞は自死ではなく殺しだと、お役人はお考えです」

お登世は、ええっと目を見張った。

「そんな……殺されたなんて……いったい誰が……」

お登世は青ざめ、唇を震わせたが、はっとしたように言った。

「もしや、あの銀蔵というお人では」

お美羽は頷く。

「仲間割れ、或いは口封じ。銀蔵は、竹乃丞が死んですぐに姿をくらましています。お役人も、銀蔵の仕業と考えれば、筋が通ると」

「何ということ……これは神罰なのでしょうか。ああ、私が竹乃丞様をもっと強く止めてさえいれば」

そうすれば何もかも、失わずに済んだのに。お登世は後悔の言葉と共に、その場で泣き崩れた。お美羽は声をかけず、その姿をただじっと見守った。

少し経ってから、お登世はそっと身を起こした。化粧が涙で汚れている。

「取り乱してしまいました。申し訳ございません」

お登世は居住まいを正し、丁寧にお美羽に礼をした。

「このたびは、本当に皆様にご迷惑をおかけいたしました。何とお詫びすれば良いか」

「いえいえ、とんでもない。上出来ですよ」

お美羽の口にした言葉に、お登世は聞き違えたと思ったか、怪訝な顔をした。そのお登世に、お美羽は笑いかけた。

「今のお話が上出来だった、と申し上げてるんです。本当に、最初に聞いていたら一も二もなく、信じ込んだでしょうねえ」

お登世は、ぽかんとしてお美羽を見つめた。

「あの、いったい何をおっしゃってるんです」

「何言ってるかわかんない？　それじゃ、もっと詳しくお話しして差し上げましょう」

お美羽はお登世を睨みつけて言った。

「この松葉屋殺しで一番得をしたのは誰か。竹乃丞や久右エ門の名前も挙がりましたけどね、この人たちは松葉屋に恨みはあっても、殺しで得をするわけじゃない。落ち着いて考えてみれば、大儲けしたのは一人だけだとわかる。つまり、あんたですよお登世さん」

「私が大儲けですって」

「あんた、松葉屋の身代をそっくり手に入れたじゃない。しかもそいつを、商いに自信がないとかお得意先や奉公人のためとか殊勝なことを言って、寿々屋さんに四千両で売っ払った。一人で自由にできるお金が四千両。濡れ手に粟とは、このことよ」

「そんな。まるで私が、松葉屋を乗っ取ったみたいな言い方じゃありませんか」

「そう、それ。私はこう見てるの。この一件はね、あんたが何年もかけて仕込んだ、松葉屋の身代をそっくりいただくための企みだった、ってね」

「いい加減にして！　私がそんな大それたことをやったなんて、どこに証しが」

さすがにお登世は、怒気を露わにした。お美羽は薄笑いで応じる。

「今から考えれば、妙なことはいろいろあったのよ。まず、あんたと初めて会ったとき。私が声をかけて名乗ったら、栄吉さんのところの大家の娘、ってすぐわかったじゃない。けど聞いたところじゃ、あんたは出入りの職人のことなんか、何一つ知らないそうね。なら、私の名前を聞いただけで、栄吉の長屋の大家だなんてわかるはずがない。そうでしょ」

「私が栄吉さんのことをたまたま知っていたから、なんだと言うんですか」

「あんた、栄吉さんが松葉屋で揉め事を起こしたのを見て、こいつは使えそうだと思っていろいろ調べたんでしょう。そのとき落とした巾着袋を拾っておいたのも、あんたね」

巾着袋、と聞いたお登世の顔に、一瞬、緊張が走った。やっぱり、とお美羽はほくそ笑む。

「松葉屋殺しの現場で見つかった巾着袋。栄吉さんのものだけど、落としたとすれば西村座へ行ったときか、松葉屋で揉めたときだって」

「だったら、西村座で竹乃丞が拾ったんでしょう」

「ところが、西村座では栄吉さんは、久右エ門さんにしか会ってない。久右エ門さんが巾着袋を拾ったとしても、それを竹乃丞に渡すとは考えられない。とすれば、松葉屋で落としたものをあんたが拾った、と考えた方が、辻褄が合う」

お美羽は、お登世の台詞から竹乃丞の「様」が消えたのも、しっかり聞いていた。

「言いがかりよ、そんなの」

「そうかしら。それにね、あんた両国橋の茶店で私たちに、竹乃丞との不義密通を疑われて苛められてるって話をしたでしょう。あのときは同情したけど、初めて会った相手にそんな話、するかしら。あんたは、自分が苛められてる話を機会あるごとに吹き込んで、証人を増やそうとしてたんでしょう」

「それこそ言いがかりじゃないの。勝手に何言ってるのよ」

「いい？　この一件はね、まず竹乃丞が千之介を使って、大奥御用達の口利きをしてやると昇之助と番頭をおびき出し、殺させた。次に銀蔵が、栄吉さんを下手人に仕立てて殺そうとして、しくじった。それから、竹乃丞が舟で酒を飲まされ、酔いつぶれたところを大川に放り込まれた。ここまでは、わかってる」

お登世は、凄い目付きでお美羽を睨んでいる。

「それじゃ、昇之助をおびき出せるほど、大奥への働きかけについて詳しく知ることができたのは、誰？　銀蔵に昇之助を裏切らせることができたのは、誰？　竹乃丞が、あまり飲めない酒を二人きりで飲んでしまうほど、心を許していた相手は誰？　栄吉さんの巾着袋を手に入れられたのは？　全部当て嵌まるのは、あんたしかいないじゃない。それとも、他に誰か名指しできる？」

お登世からは、返事がなかった。が、目は逸らさない。しばらく、黙って睨み合いが続いた。弾けば音が出そうなほど、互いの気が張り詰めていた。

先に肩の力を抜いたのは、お登世の方だった。

「はあ、やれやれ」

まるで投げ出すように、大きく溜息をつく。

「そこまで読まれちゃ、しょうがないね。いつわかった？」

口調が、ガラリと変わっていた。本性を現したか、とお美羽は内心で満足の笑みを浮かべた。

「誰が一番得するか、順に数えていったときよ。それまでは、あんたのしおらしい演技にすっかり騙されてた」

「そりゃあさ、あんたの言う通り、誰が得したかってことだけ突き詰めて考えられたら、さっさと私に行き着いちまう。そうならないために、とても悪いことをしそうにない気の毒なお内儀って役を、ずっと務めてきたんだからね」

「昇之助の悋気も、あんたが煽ったんじゃないの」

「そうだよ。けどたまにやり過ぎちまってさ。あの野郎、痣ができるほど何度もひっぱたきやがって。その場でぶっ殺してやろうかと思ったんだけど、それじゃ身代がいただけない。辛抱したよ。ああ、千之介なんて端役じゃなく、私が片付けてやりゃ、溜飲が下がったろうけどねえ」

お登世は、平然として言い放った。美しい顔からこんな台詞が吐かれると、凄味が増す。

「さすがに、奢侈の禁令のことで竹乃丞を奉行所に訴えちまうとは思わなかったけどね。あの時ゃちょいと焦ったけど、幸いこっちの企みが潰れるほどじゃあなかった」

「昇之助が言い寄ってきたときに、この企みを思い付いたの？　それとも、修太郎さんも手にかけたとか」

お登世は笑って手を振った。

「まさか。修太郎は本当に心の臓をやられちまったのさ。それでつくづく思ったよ。この世は、真面目に熱心に働いてる奴がいい目を見るわけじゃない、ってね。それで昇之助が食い付いてきたとき、うまく乗っかったわけ。ま、私も修太郎が元気だったときから、竹乃丞とよろしくやってたんで、偉そうなこたァ言えないけどね」

「銀蔵は、どうやって抱き込んだの」

「銀蔵か。あいつは厄介だったね。目の上のたんこぶって奴。あいつが昇之助の腰巾着になって周りをうろついてたんで、昇之助をうまく始末するには、抱き込むしかなかった。色仕掛けも考えたんだけど、旦那のお内儀がそんなことをやっちゃ、逆に怪しまれる。やっぱり物を言ったのは、金だね」

「昇之助が持って出た、七百両ね。百両を千之介に渡し、残りは銀蔵の懐に入った」

「そう。賂に使うと言って昇之助に七百両持ち出させたのは、いい考えだったね。こっちの懐は痛まないし、昇之助もまさか、自分を殺す報酬を自分で運んでるとは思わなかったろうさ。すっげえ皮肉だね。あの糞野郎にふさわしいよ」

そう言うお登世の顔は、ずいぶんと楽しげだった。

「でも、裏切らせるには六百両じゃ足りない。千両上乗せしてやったら、あっさり転んだけどね」

「四千両のうちから出す気だったの？　どうせ空手形でしょ」

お登世は、ふふっと笑っている。

「けどさ、あんた、それほど深い仲だった竹乃丞を、どうして殺しちまったの」

お美羽は、一番聞きたかったことを聞いた。そのときだけ、お登世の顔が曇った。

「怖気づいちまったんだよ。栄吉を下手人にするのに銀蔵がヘマをやってから、白分のところへいつ役人が来るか、って怯えてねえ。幾重にも手は打ってあるんだから、そうはならないって、何度言っても駄目だった」

「初めから殺すなんて気は、なかったのね」

「もちろん。ほとぼりが冷めたら二人して上方へ行って、四千両元手に芝居小屋を買い取るつもりだった。それが、こんな危ないことはやめる、松葉屋の身代はあきらめて二人でどこかに隠れよう、なんて言い出す始末だよ。それを見てると、こんな程度の男だったのか、ってすっかり冷めちまったのさ」

「それで、このままにしておくと危ないと？」

「そう。たまには舟で二人で飲もうって誘ったんだ。ここを殺しに使うわけにはいかないからね。船頭を遠ざけて、私が舟に乗り込んだ。あんたの言う通りにするよって言ったら、あいつすっかり喜んじまってねえ。勧めるままにどんどん飲んで、寝ちまった。後は造作もなかったよ」

お登世はそこでふっと寂しげな目付きになり、本っ当にしょうがない奴、と投げやりに言った。

「どうして身投げじゃないとわかったの」

お登世に聞かれ、お美羽は徳利が多かったことを話した。お登世は舌打ちした。

「そんなとこから。あんた、頭がいいね。紅の付いた盃は懐に入れて持ち出したけど、徳利を持って歩くわけにいかないしさ。そのままで大丈夫と思ったんだけど、甘かったか」

「上手の手からも、水は漏れるのよ」

上手の手か、とお登世は自分を嗤うように呟いた。

「銀蔵は竹乃丞殺しに気付いたでしょう。強請《ゆす》られる心配はなかったの」

それを聞いたお登世は、馬鹿にしたように言った。

「逆だよ。脅しをかけたんだ。私は、長年の男すら邪魔になったら始末する怖い女だぞ、なんてね。銀蔵も案外情けない奴でねぇ。自分も命が危ないと思って、子分を放ったらかしてどっかへ逃げちまった。まったくどいつもこいつも」

お登世は口元に酷薄そうな笑みを浮かべ、お美羽の顔を覗き込むようにして言った。

「この江戸にはね、真っ当で頼りになる男なんて、滅多にいやしないんだよ」

お美羽は唇を引き結ぶ。お登世の思いからすれば、そうだろう。が、修太郎はどうだったのか。彼が生きてさえいれば、お登世もこんな罪を犯さずに済んだのではないか。

いや、それは甘いかもしれない。お登世の欲は、修太郎が死んだことで表に出たというわけでもないだろう。一方、自分の周りには山際を始め、ちゃんとした男連中がいる。欽兵衛も、頼りになるかどうかはともかくとして、真っ当だ。自分はたぶん、幸せなのだろう、とお美羽は思った。

「さてと、だいぶ長く喋っちまったね。この辺にしとこうか」

お登世はゆっくりと膝立ちになり、懐に手を入れた。お美羽の目の前にその手を出したとき、丸めた細い紐が握られていた。

「明日、寿々屋から四千両、受け取るんだ。それを邪魔されるわけにいかないんでね」

お登世は、紐を解いて両手に持ち、伸ばした。

「逃げるまで、時が要る。あんたには、ここで死んでもらうよ」

お登世は笑みを消し、お美羽の方へ膝を進めた。が、一歩進んだところで動きを止めた。お美羽の方が、笑いを浮かべていたからだ。

「何なの、あんた……」

「大それたことをやる割には詰めが甘いね、お登世さん」

お登世の顔色が、変わった。

「何だって？」

「文には一人で来てくれと書いておいたけど、一人で待ってるとは書いてなかったでしょう」

その言葉を合図に両側の襖が勢いよく開き、それまで息を詰めて潜んでいた山際と青木と喜十郎が、一斉に飛び出した。

「北町奉行所だ。松葉屋お登世、松葉屋昇之助と番頭藤次郎の殺しを企みしこと、並びに琴弾竹乃丞殺しの疑いで召し捕る。神妙に縛につけ！」

十手を突きつけ、青木が叫んだ。お登世は、座敷の真ん中で立ちすくんだ。

「畜生ッ、嵌めやがったな」

お登世は物凄い形相でお美羽に噛みついた。お美羽が言い返す。

「さんざん人を嵌めたのは、あんたでしょうが。観念しなさい」

逆上し、飛びかかろうとするお登世を、喜十郎と山際が両側から押さえつけた。無理矢理座らせたお登世に、青木がしっかりと縄をかけた。お美羽はその前に座り、お登世を睨んだ。

「昇之助についちゃ、どっちもどっちかもしれない。番頭は昇之助がやってきた悪企みについいちゃ一蓮托生だろうし、竹乃丞のことは、あんたと竹乃丞、男と女の話だから、何も言わない。けどね、全然関わりのない栄吉さんまで殺そうとしたことは許せない。女房子供がいることとなんて、考えもしなかったの？」

お登世は無言で、お美羽を睨み返している。お美羽は立ち上がり、お登世を見下ろして言った。

「うちの店子に手ぇ出す奴は、ただじゃおかないんだから」

それを捨て台詞にして、お美羽は座敷を出て行った。

十三

「ねえねえお美羽さん、悪いけどちょっと来て」

朝から呼びに来たのは、お喜代である。

「はいはい、どうしたの」

お美羽は洗い物の手を止めて、井戸端からお喜代と栄吉の家に行った。

「見て、これ」

障子を開けて、土間に立ったお喜代が指で真上を指した。覗き込んで天井を見る。

「あらまあ」

土間の天井にぽっかり穴が開いて、青空が見えていた。目を家の中に戻すと、栄吉が胡坐をかき、面目なさそうに頭を掻いている。

「何をやらかしたんです」

「いやその、お喜代が雨漏りを何とかできないかって言うんで、小間物とは言え俺だって職人だ、そのぐらい直してやるって梯子をかけて、屋根に上ったまではいいが」

「ははあ。屋根に一歩踏み出した途端、そこを踏み抜いちゃった、と」

「そうなんだ。いや、俺もそんなに簡単に屋根が抜けるとは思わなかったんでよ」

「ええ、どうせうちの長屋は安普請ですからね。大工の甚平さんが手すきのとき、直してもらうから」

「それまでに雨が降ったら、どうしよう」

「自分で開けた穴なんだから、自分で何とかして」

「そんなァ」

「あんたが調子に乗るからだよ。職人たって、根付を作るのと天井板を張るのと、一緒のわけがないでしょう」

お喜代に言われて、栄吉はがっくりした。この様子を眺めて、栄太がころころ笑っている。長屋の、いつも通りの風景だった。

「おう、何だい。朝から賑やかだな」

そう声をかけて顔を覗かせたのは、喜十郎だ。

「おはようございます、親分。今日はまた、何か？」

喜十郎の機嫌は、悪くなさそうだ。面倒事ではないだろう。

「青木の旦那から聞いたんだが、例の両国の銀蔵、品川でお縄になったそうだぜ」

「えっ、銀蔵って、俺を襲った連中ですかい。その頭《かしら》が、お縄に」

栄吉が表に出てきて、嬉しそうに聞いた。喜十郎が「そうともさ」と頷くと、一番安心した顔を見せたのはお喜代だ。

「ああ、良かった。これで枕を高くして寝られるねえ」

「何言ってやがる。奴らの目論見は、とっくにおじゃんになってるんだ。改めてまた襲いに来るなんてことが、あるかい。だいたいお前、枕があろうとなかろうと、毎晩高鼾《たかいびき》じゃねえか」

　鼾なんかかくもんか、いいやお前の鼾で何度も起きた、などと埒もなく言い合う二人をそのままに、お美羽は聞いた。

「銀蔵は、ずっと品川宿なんかにいたんですか。伝手があったとか」

「昔の仲間が住んでたんだ。そこへ転がり込んだはいいが、仲間の方がだんだん鬱陶しくなってきたようでな。こっそり宿場役人に知らせたのさ」

「お登世が言った通り、殺されるかもって怖くなって逃げたんですかね」

「そうらしい。これじゃ、子分にも愛想をつかされるわなァ」

　喜十郎は、鼻先で嗤った。そこへちょうど、山際が出てきた。

「あ、山際さん。今、親分が銀蔵の話を」

「うん、それが聞こえたんで出てきたんだ。これで、あの一件に関わった者は、皆お縄になったな」

「そういうことで。ま、山際さんには世話になった、と青木の旦那もおっしゃってますから、そのうち一献、てなことも」

「はは、お誘いがあればいつでも。私はこれから、手習いを教えに」

行ってらっしゃいまし、とお美羽は木戸で見送った。

「なあお美羽さん、山際さんてのは、頭もいいし腕も立つ。その上、あんないい男ぶりだ。なのにどうして一人なのかねえ」

喜十郎がいきなりそんな風に言って、横目でお美羽を見た。

「え、え？　さ、さあ、どうしてなんでしょうねえ」

「向こうは武家だが浪人だ。お美羽さんなんて、ぴったりじゃねえか」

お美羽は、咳き込みそうになった。

「ちょ、ちょっと親分、何が言いたいんですか」

「俺ァ、似合いだと思うがねえ。ま、いいや。邪魔したな」

喜十郎はそれだけ言うと、へらへら笑いながら通りへ出て行った。

似合いだなんて、もう、何を言ってくれるの。いや確かに、自分でも思わなくはない。喜十郎のような他人の目からもそう見えているなら、尚更だ。今、自分の顔はきっと真っ赤になっているに違いない。

でも、山際はどう思っているのだろうか。それを聞いてみる勇気はない。それに肝心の欽兵衛が、全く事の次第に気付いていないようなのだ。自分の娘のことなのに、鈍感にも程がある。

「ようお美羽さん、どうした。魂が抜けて、どっかへ遊びに行ったみたいな顔だぜ」

珍しく朝から素面《しらふ》で仕事に向かう菊造が、冷やかしの声を浴びせてきた。お美羽は、余計なこと言ってないでとっとと仕事に行きなさい、と照れ隠しに喚いてから、急いで洗い物の続きに戻った。

何だか山際の様子がおかしい、と気付いたのは、それから五、六日後のことだった。手習いの仕事の行き帰りに顔を合わせると、いつもは二言三言、話をしていくのに、この三日ほどは挨拶をひと言交わすだけで、それも生返事だった。

「心ここにあらず、てな感じだねえ」

栄吉さえも、そんなことを言った。気になって手習いに行っている子供たちにも、聞いてみた。するとやはり、読み書きを教えている最中に、読むところを間違ったりこちらの話を聞いていなかったりということが、時々あるらしい。そんなことは、数日前まではなかったのだ。それに時折、通りの方を気にしている。誰か来るのを待っているかのようだ。

お美羽は、心配でたまらなくなった。何か厄介事に巻き込まれているのだろうか。それなら山際は、もっと毅然と立ち向かうはずなのだが。

悩み事なら力になってあげたいが、真正面からそれを聞くのは、さすがに失礼かと思った。お喜代か誰かにそれとなく聞いてもらおうかとも思ったものの、その方がもっと失礼な気がした。

結局、それからさらに二日の間、お美羽は悶々として過ごした。そして二日目の夕刻近く、全てが判明した。

「はいどうも、御免なさいよ、御免なさい」

威勢よく声を出しながら、入舟長屋に飛脚が入ってきた。これはかなり珍しいことなので、長屋にいた人たちがわらわらと出てきた。お美羽も様子を見に出た。が、皆を押さえて真っ先に飛び出したのは、山際だった。

「飛脚屋さん！」

山際がいつにない大声で呼ばわる。山際の姿を見た飛脚が、尋ねた。

「山際辰之助さんで？」

「うむ、そうだ」

「じゃあ、こちらを」

飛脚は、状箱から畳まれた手紙を出し、山際に差し出した。山際はひったくるように手紙を取り、受け取りの署名もそこそこに、その場で手紙を開いた。お美羽はようやく、山際の様子がおかしかったのは、この手紙を心待ちにしていたからだとわかった。

余程待ち遠しかったのだろう、山際は長屋の住人たちに囲まれているのも構わず、一心不乱に手紙を読んでいる。お美羽は、そうっと近付いて覗き込もうとした。

ふいに山際が、顔を上げた。お美羽は、びくっとして動きを止めた。覗き込んだのを見つかったか、と思ったが、そうではないようだ。山際は、喜色満面だった。

「あ、あの、山際さん。何かいい知らせがあったのですか」

「ああ、お美羽さん。ずっと待っていた、とてもいい知らせだ」

山際の声が、弾んでいる。何だかお美羽まで、嬉しくなってきた。

「そんなにいいお知らせなんですか。仕官できるとか」

「いや、妻が江戸に出て来るんだ」

おう、と一同からどよめきが起きた。お美羽は、地震と台風が火事を連れてやって来たような衝撃を受けた。妻、ですって。

「ご、ご、ご妻女がいら、いらっしゃったんですか」

お美羽の動揺は目に入らないらしく、山際が答えた。

「江戸で暮らしが立つまで、妻と五つになる娘を、国元の親戚に預けていたんだ。どうやら暮らし向きの目鼻がついたので、江戸へ来るよう文を出したのだが、今日、やっと返事が届いた。来月の終わりには、こっちに着く」

なんと、子供まで。周りからは、口々に祝いの言葉がかけられる。

「そそ、それは良うござひました。おめでとうございまひゅ」

もう衝撃で、呂律が回らない。山際は、それすら気付いていない。

「何だねこれは。どうしたんだね」

欽兵衛の声がした。出かけていたのだが、帰ってきて騒ぎに驚いたようだ。

「欽兵衛さん。妻から文が来て、来月末までには娘ともども、こちらでご厄介になります」

山際が嬉しい知らせを告げると、欽兵衛の顔もぱっと明るくなった。

「そうですか。ようやくご妻女と娘御が。それは誠に、よろしゅうございました」

何ですって。お美羽は、欽兵衛の袖を思い切り引いた。

「な、何だねお美羽」

欽兵衛はお美羽に人垣から引き摺り出され、目を丸くしている。

「お父っつぁん、山際さんにご妻女と娘さんがいたこと、知ってたの」

「うん？　ああ。ここに住まわれるとき、いずれご妻女と娘御が一緒に住むつもりだ、と言っておられたのでね」

それから初めてお美羽の表情に気付き、「おや、お前は知らなかったのか」と言った。

「それにしても、おめでたい話なのに、どうしてお前はそんなに難しい顔をしてるんだい」

今度という今度は、我が父親ながら、お美羽は頭から井戸水をぶっかけてやりたい衝動に駆られた。

「ええ、そんなわけで、まもなく妻と娘が共に住まうことになりますので、皆さん、どうかよろしくお願いします」

山際が、長屋の一同に頭を下げた。お美羽は倒れそうになりながら、精一杯の笑みでその挨拶に応えた。


「まあ、山際さんにはご妻女が。娘さんまで。それはそれは」

浅草寺近くの茶店に座ったお千佳とおたみは、お美羽に同情の眼差しを向けた。

「ああもう、そんな目で見ないで。こっちは、穴があったら入りたいんだから」

栗餡入りの饅頭を口に押し込みながら、お美羽は呻くように言った。衝撃の手紙は一昨日の話で、まだ生々しい。

「やけ食いしてるの？」

「放っといてよ、もう」

「でも、お父様が知ってたのにお美羽さんが知らなかった、っていうのは気の毒よね」

　おたみが宥めると、お美羽はまた憤然とした。

「娘が惚れた相手なんだよ。全っ然気が付かないなんて、いい加減にしてほしいわ」

「そう言えば欽兵衛さんは、お美羽さんがお登世さんと対決したこと、知らないんでしょ」

　お美羽は饅頭を頬張ったまま、手を振る。

「知るもんですか。知ったら大変、心の臓が保たないよ」

「でも、格好いいなあ。やってみたいよねえ、下手人を追い詰めて啖呵を切るなんて」

　私には無理だけど、とお千佳は笑って肩を竦める。

「それで、結局松葉屋はどうなったの。やっぱり寿々屋さんが」

「そう。松葉屋は御上に闕所《けっしょ》（資産没収）にされちゃったけど、取引先と奉公人は、寿々屋さんが引き継いだのよ」

　お美羽が言うと、お千佳は「ふうん」と首を傾げた。

「それじゃ寿々屋さんは、お金を払うことなしに、お客さんと奉公人を手に入れたのね」

「まあ、そうなるわね」

「何だかさぁ、最後にいい目を見たのは、寿々屋さんみたいね。運なんて、わかんないものだわ」

「うん……」

お千佳には曖昧に返事したものの、実はお美羽も、それが心に引っ掛かっていた。土地建物こそ手に入らなかったが、大店の値打ちはそれだけではない。寧《むし》ろ、取引相手や奉公人の知識、客との繋がりなど、暖簾そのものの価値が大きいのだ。松葉屋のそれを、寿々屋はほとんどただで手に入れたことになる。

この一件で得をした者。宇吉郎の言葉が、頭に甦る。終わってみれば、一番得をしたのは寿々屋だった。もしかして、宇吉郎はそこまで読んでいたのだろうか。

「お登世さん、あんなに綺麗な人なのに、わからないものねえ。あの人が竹さまを殺したなんて、今も信じられない」

おたみの呟きで、我に返った。おたみの本音は、竹さまがあんな悪い女と深い仲だったのが信じられない、というところだろう。

「扇之丞さんは、大丈夫なの」

お千佳がからかうと、おたみはむっとして見せた。

「扇之丞さまは、大丈夫。そんな女に引っ掛からないわ。竹さまのことはもういい。私には扇之丞さまがいますから」

根拠のない話だ。もっとも、おたみのことだ。一年もすれば、贔屓役者をまた乗り換えているのではないか。

「だからお美羽さんにも、またすぐいい人が現れるわよ。だって、お美羽さんは素敵なんだもの」

おたみは、お千佳と顔を見合わせて頷き合った。またすぐいい人か。簡単に言ってくれるじゃない。でもまあ、後ろを向いたってろくなことはない。寿々屋のことも、もういい。前に進めば、近いうちにいいことが。そう思っておくとするか。

お美羽は空を見上げる。清々しい青空に、秋のうろこ雲が出始めていた。

この作品は書き下ろしです。

江戸美人捕物帳《えどびじんとりものちょう》

入舟長屋《いりふねながや》のおみわ

山本巧次《やまもとこうじ》

令和2年12月10日　初版発行
令和4年11月25日　3版発行

発行人――石原正康
編集人――高部真人
発行所――株式会社幻冬舎
〒151-0051東京都渋谷区千駄ヶ谷4-9-7
電話　03(5411)6222(営業)
　　　03(5411)6211(編集)
公式HP　https://www.gentosha.co.jp/
印刷・製本―中央精版印刷株式会社
装丁者――高橋雅之

幻冬舎時代小説文庫

ISBN978-4-344-43047-1　C0193　や-42-3